青が破れる

町屋良平

河出書房新社

目次

青が破れる

青が破れる

「あいつ、ながくないらしいんよ」

とハルオはいった。

ハルオの彼女の見舞《みま》いにいったかえりだった。

おれは、

「ビョーキ？」

ときいた。

おそるおそるだったけど、内心の動揺を気《け》どられないぐらいには、気力をふり絞《しぼ》ってきいた。

「そうらし」

「ガン？　白血病とか？」

「しらん」

ハルオは、片手にもっていた缶のコーラをジビリとのんだ。噴水を囲う池のほとりに腰かけているので、背後がさむざむしい。周囲はうだるような暑さだというのに。

「教えてくれんのよ。なんか、ナンビョーのたぐいっぽい。でも、教えてくれんのよ」

「つら……」

おれはつぶやき、地面をみた。

蟻《あり》が、地面のひかりと影を横断するように、行進していた。すると、
ボチャ
という、かわいい音がした。横をみると、ハルオはいない。うしろ向きに、池に落ちていた。

おれは、驚いてかたまった。やけに真剣な目でこっちをみているハルオの表情をみて、わざとやったのだということがわかった。

「おちてもうた」

どうして、こんなときまで明るくしようとするのだろう。おれはハルオの、滑稽《こっけい》でなければひととといっしょにいられないとでもおもっているような性癖《くせ》が、とてもいやだった。

「なあ、タオルもってる？」

「もってるわけねえだろ」

だよなあ、といってハルオは池から戻った。子どもでも膝《ひざ》までしか浸れないような浅い池だったけど、ハルオのシャツの背中と短パンから、ボタボタ水滴が垂れた。

ハルオからおちたとげとげした水滴がまっくろに、アスファルトを濃くしていた。

「どうすんだよ」

おれはいった。

「どうすんだよこれから」

ハルオは気弱げに笑った。

「お前とあるくの、はずかしいわ」

「そらそやな、でも、かわいてきたで？」

と、わりに真剣な声でハルオはいった。

「でも、バイバイしよか。んじゃ」

そうして、ハルオはさっさとどこかへいってしまった。

サヨナラするつもりはなかったのだけど、わかれて五分もすると、これでよかったのだというきがした。ひとりになれてすっとした。

きょう、あうなりとつぜん「ついてきてくれへん?」といわれ、初対面の病人を見舞った。ナンビョー患者だというハルオの彼女はきれいだった。

「ちょうどよかった」

と微笑《ほほえ》んで、「喫煙所にいくから、さりげなーくしてて」と、彼女はパジャマのまま引き出しをまさぐってライターとラッキーストライクの箱をもち、たちあがった。

「タバコなんて、いいんですか?」

喫煙所は、小学校の体育館と校舎の間をおもいださせた。じめじめしていて、地面がパチパチ音をたてていた。

「いいのいいの、確率の問題だから、純粋に」

ハルオの彼女はいった。

「死ぬとか生きるとか、わたしのは、健康と関係ないから」

ハルオもいっしょにセブンスターを吸っていた。

「ごめんな、ボクサーの前で」

「ボクサーじゃない。ボクサー志望」

でもおれは、ほんとに自分がプロボクサーのライセンスをとって、プロの試合のリングにたって、それでどうしたいのか、よくわかっていなかった。

ハルオの彼女は、「ボクシングやってるの?」とはいわなかった。

「はー、空がたっかー」

といった。

「あなたたちにも、健康がどうでもよくなった人間のすがすがしさと生きやすさを、わけてあげたいわ」

おれはハルオとわかれ、自宅のベッドに仰《あお》むけで寝転びながら、ハルオの彼女のようすを、一秒一秒をおもいだすようにおもいだしていた。頭がさーっとざざめいた。

確率の問題？

次に目ざめたら真夜中だった。ジムワークは昼にすませていたし、バイトも休みだったから、なにもすることがなかった。

暇《ひま》だとおもったら、おれは条件反射のように、ストレッチかランニングをするようにしている。

おれは着替えもそこそこに、夜のしたにとびだした。


夜はつめたい。

真夜なかを走っていると、全能感があふれでる。

おれはボクサーにむいてないかもしれない。

その事実とむきあっても、負けないつよいきもちが、からだじゅうに満ち満ちた。足裏からつたわるつよい反動が、時おり胸の骨にズシンとくる。負けたくない。

ボクサーというより、アスリート全般にむいていないいきがしていた。ハルオがためらいなく池におちたシーンをおもいだし、フラッシュがひかるように確信した、向き不向きのはなし。

おれはパンチがこわい。「目え、つぶんな!」とトレーナーによくいわれる。おれはスタミナ切れがこわい。スタミナとは勇気のことだ。どんだけふり絞っても、相手を倒すまではまだまだ止まれないという勇気。そしてシステムのことだ。試合が終わるまでは終わらない、意志という名のシステムのこと。おれは練習がこわい。たとえば、おれはロードワークしてもボクシングのスタミナはつかないとおもっている。ボクシングのスタミナはボクシングでしかつかないとおもっている。

だけどほんとにこわいのは、そんなことを思考してしまうおれ自身だ。きっとおれはいざというとき、おれに還《かえ》ってしまう。相手のパンチを避《よ》けて自分の拳《こぶし》をうちつける一瞬に、ボクシングと一体になって、おれという人格を捨ててボクサーに成りきれなければ、きっと勝てない。おれはおれを捨てないと。

思考は敵だ。

だけど、おれはおれの思考を止められない。怖さも緊張も、ボクサーがボクサーになるワンステップでしかない。だけど、思考は常に運動神経を裏切る。

　いや、思考じゃない。不安だ。思考が不安と一体になっている自分がこわい。どうしておれの思考は、常に不安を呼び起こす？

　走る、息切れる、走る、息切れる。いまなら、いまなら目の前にあらわれるだれだってなぎ倒せるきがするけど、きょうはきょうだ。あしたじゃない。ボクサーを生活することを邪魔する、おれの不安。競技に生活を捧《ささ》げるからボクサーはボクサーになる。おれはおれの思考を、ボクシングに捧げないと。生活を、感情を、捧げないと。いざというとき、「おれ」を越えた一個の「ボクサー」でいられるように。

　ときには、あらゆる思考を、あらゆる霊感を意図的にその源流ごと止めて、すべての不安に身を曝《さら》す時間を、耐える楽観が、求められている。

　おれはおれの不安をコントロールすべし。

　思考を止めたらおれはおれでなくなる。おれはおれを止めたい。しかしできない。

　ハルオみたいに、いざというときためらいなく、池におちられない。

　K・Oパンチをためらった一瞬は、K・Oパンチを打ち込まれる一瞬と円周の外側が重なっている。

そうしてボクサーはパンチを食う。

素人でもガードできるパンチを、相手の意識を刈《か》り取るK・Oパンチの幻想のもとに食らう、あられもなく無防備に。

そんでカウントアウトだ。

でも、負けたくない。おれはおれを越えて、毎秒あたらしいおれを生きたい。

息が切れる、息が切れる。川べりに沿って走り進める。直線をダッシュする。酸欠が膨《ふく》らんで、胸のあたりで爆発しそう。でもそれも錯覚なんだ。

おれは酸素不足の脳で、あしたバイト止める、と考えた。起きれないし、サボる。したらクビだ。今度こそ。


窓が全開にされていて、カーテンが部屋の内側にばさばさふきこんでいた。このひろい個室では窓からベッドまでがとてもとおい。

おれは、なかに入るまえに、名字の部分がなにかカッターのようなこまかい刃でガリガり削られて、「……とう子」としかよめなくなっているネームプレートをまじまじみた。ドアは半開きになっていて、おれは部屋に入るまえにとう子さんにきづいてほしかったけど、とう子さんは半身起こしたまま、ただずっとボンヤリしていた。

今朝バイトをしているべき時間に起き、店からの着信の嵐に紛れてハルオからの着信があった。

「お前、とう子のお見舞いいってやってくれよ」

開口いちばん、ハルオはいった。

「お前は？」

「おれはいかれん」

「なんで？」

「くるなっていわれてん。とう子に。おれらもう、二度とふたりきりであわれへん、お前といっしょなら、いってもいいらしいけど」

「じゃなくて、なんでおれが？」

「かわいそやろ」

「え？」

「入院してんねやから、かわいそやろ。見舞いいったれや」

「お前は？」

「きょうはいかれん。今度な。またいっしょにいこ」

おれは、記憶をたどってとう子さんの病院の地理をおもいだし、見舞いの品もなにももたずに身ひとつできた。

足が怠かった。昨夜を疾走《しっそう》した筋肉痛が、おれの存在証明みたいに軋《きし》んでいる。いつまでも立ちすくんでいるわけにはいかない。おれは病室へとはいった。

「……あ、び……っくりしたぁ」

とう子さんは目をみひらいて、「一瞬いま、だそうか迷っちゃった。ひめい」といった。

「ひめい……？」

「悲鳴。いきなり入ってくるんだもん。ノックぐらいしてよ」

ノックって何？　みたいな顔で黙っていると、「君、名前なにだっけ？　ボクサー氏」

と、とう子さんがいった。風がつよくて、クーラーの風なのか外気のすずしさなのかいっしゅん肌がわからなかった。

「ボクサーじゃないっす。名前は秋吉」

「シューキチ？」

「秋吉」

とう子さんは、おもむろに引き出しからポータブルゲームプレイヤーをとりだし、指をちゃかちゃか動かしはじめた。いつしかＲＰＧをプレイしてるっぽい電子音が病室に鳴り響き、おれは手もちぶさたになり椅子《いす》に座った。

椅子は、背もたれもなにもない、座る場所がおれの尻よりちいさい丸椅子だった。脚の部分をがこがこ揺らしていると、転《ころ》げそうになる。とう子さんはしばらくゲームしたあと、

「気まずいごっこ」といいながら笑った。

「気まずいごっこ？」

「お見舞いにきても、気まずいでしょ？　会話とか、不自然になるし。だから敢《あ》えてさらに気まずくし、気まずさをモヤモヤさせることなく、お見舞い客を安心させるこころみ」

「変わってますね」

「変わった病気にかかるとね、どうしても」

病気のことをいわれると、たしかに気まずい。とう子さんはゲームをつづけている。

「ハルくん、元気？」

「たぶん」

「ハルくんに、あいたいな」

「でも、くるなっていったんですよね」

「だって、ハルくんはかえるでしょ？　許せないの。死ぬこととか、病気に選ばれたこととかは、わりに許せるけど、許せるっていうか、許せる許せないのレベルじゃないし、『はぁー、まじか』って感じだけど、ハルくんがきたらかえっちゃうってことだけは、どうしても許せない」

おれは、沈黙した。

風がすごい。目になにかこまかいものが入った。つよく目をつむり、擦《こす》る。そのあいだもずっと病室に渦巻くような風がふいている。とう子さんはくちびるの皮をさわって剝《む》きながら、音の鳴ったままのゲーム機を横のテーブルにコトリとおいた。

「ねえ、コッチにきてくれない？」

ふとんを捲《めく》り、とう子さんはからだを横にずらして、まっしろなシーツのへこんだあたりをポンポン叩いた。

おれは、うつむいてためらった。

「いや？」

「いや……じゃないけど」

「いやじゃないけど？」

とう子さんの目はつよかった。

おれは病室のドアを閉め（それはビックリするほどスムースにしまった。摩擦《まさつ》なんてこの世にないものみたいに）、とう子さんのそばに横たわった。ふとんをかけられた。

「ボッキした？」

と、夏澄《かすみ》さんはおれにきいた。

「した」

夏澄さんの家で、夏澄さんが子どものためにつくったシャーベットを食べていた。メロンの果肉にココナッツミルクが混ぜてあるという。

子どものころ、アイスをかってもらうときはシャーベットをかってもらった。サーティワンアイスクリームの、レモンかオレンジを交互に。口のなかがシュワシュワするものがすきなのだ。でも、こんなばかばかしい氷菓子をたべたのはいつ以来だろう。

夏澄さんに呼ばれるのは久々だった。

夏澄さんの夫はサラリーマンで、毎日八時には帰宅している。子どもは九歳の男の子で、おれは二時までにはぜったいにかえらなきゃならない。

「シュウキチくんも、わるい男ねえ」

といい、意味もなく手を洗っている。不安なのかもしれない。夏澄さんは感情が動揺すると手を洗う。おれは、夏澄さんがおれのことをぜんぜんすきじゃないことをしっている。それは、きいちゃいけないことと正直でいることとのバランスにかかっている。おれは、自分がすかれていないことをしっているのに、夏澄さんにはなんでも正直にしゃべってしまう。夏澄さんはおれがなにかをごまかすことをとてもきらう。もし夏澄さんがおれのことをすきじゃないきもちと、おれが夏澄さんをすきすぎるきもちが、もっと中庸《ちゅうよう》だったら、おれは夏澄さんにうまく嘘《うそ》を吐けるし、夏澄さんはおれに対して正直になれるのにっておもう。

そうしたらいろんなことがもっとうまくいく。

正直に、「シュウキチくんのことは、そんなにすきってわけじゃないの」っていってくれれば、だけどおれはもっと夏澄さんのことをすきになっちゃう。かなしさにつぶれた胸で思考しながら。

「バイト、やめちゃった」

「なんだったっけ？　ピザ屋？」

「や、寿司屋」

「握ってたの？」

「や、寿司屋のデリバリー」

「ざんねん」

「握っててほしかった？」

「握っててほしかった」

であったのも、なにかのデリバリーの仕事でだった。きっと、ピザ屋の。あるさむい豪雪《ごうせつ》の日、夏澄さんは、ひとりでにこやかにピザをうけとったあと、店にクレームをつけた。

「さっきのひと、お手拭《てふ》きもおいていってくれなかったんですけど。もう一回、必ず、さっきのひとを寄越《よこ》して」

のちにテープできかせてもらった夏澄さんの声は、いまでは想像だにできないくらい、ヒステリックで刺々《とげとげ》しい。実際にはお手拭きはキッチリおいていったのだし、なぜ真っ昼間から、Lサイズのピザを夏澄さんがひとりで頼んだのか、おれにはよくわからない。

雪のため、シフトは限りなくパンクにちかい状態で混雑していた。再訪問したさい、夏澄さんは、「おもいっきりしつっこいクレーマーだったことにして、ねえ、いっしょにピザをたべてってよ。あなたんとこのピザ、いくらなんでも高すぎるし多すぎる」といった。

そんなふうになぜだかピザをいっしょにたべることになって、実際にはおれが八枚中七枚たべた。

「寝室いく?」

ときかれ、「いく」と応えると半ば軽蔑《けいべつ》するような目でみる。肘《ひじ》の先まで腕が濡《ぬ》れていて、まるで少女の腕みたいだとおもう。洗いすぎて、ところどころに赤い色が点《とも》っている。

いっしょにピザをたべた日からきょうの日まで、夏澄さんのセックスは単調で、愛情のそぶりすら演じない。おれも、もはや性欲で恋情を二乗していくような振る舞いはできない。ただ、夏澄さんのつめたい腕がじょじょにあつくなっていくことを、感じたときぐらいしか、情熱、ほとばしらない。

だけどおれはこのひとがすきなんだ。

クーラーを嫌悪《けんお》している夏澄さんのルールにしたがって、部屋はだんだんサウナのように蒸《む》してくる。被さっているときにボタボタ汗を垂らしていると、「シュウキチくん、信じられないくらい汗っかきなのね」とふだんそのものの声で、夏澄さんはいう。

「シーツ、また洗わなきゃ」

おれは、弱く、「ゴメン」ともらす。

「いいの、きたないののほうが、よっぽどいやだもの」

あの日の病室で、肩と肩がかろうじてふれあった状況で、とう子さんは、「動かないで。できれば、息も控《ひか》えて」といった。それでおれはいわれたとおりに、スパーリングの入りの一分でするような、鼻ですばやくしずかに純度のたかい酸素をとり入れるイメージの呼吸法をつかっていると、ほどなくしてとう子さんが眠りについた。

しずけさが濃すぎて、却《かえ》ってうるさく感じられるぐらいだった。かすかにとう子さんが寝息をたてるだけで、ずいぶんあんしんしてしまうくらいに。

それからもしばらくは、じっとしていた。天井のパネルに空いた穴を数えていた。とう子さんがかくじつに寝ただろうことを確信してからは、窓の外を首だけむいてみていた。ベッドの角度からでは、木と空しかみえなかった。ずっとボンヤリみていると、空を池のようにみることができるようになってきた。ひかりがいつの間にか、そんなふうにうねった。

そこにハルオが、背中からボチャッとおちた。

半身を起こして、さらにボンヤリした。

いま、寝かけてたかも。

すでに夕方になっている。赤い陽ざしに照らされて、胸がひどくつめたい。

となりのとう子さんをみる。病気だなんてとてもおもえない。痩《や》せているわけでもなく、むしろ肉感的な体型がパジャマ越しにでもつたわった。

勃起《ぼっき》がおさまったらいこう、とおれはおもった。


「秋吉さん、スパーしましょうよ」

と、梅生《うめお》がいった。

「いやー」

「しましょうよう」

梅生の顔には、既《すで》に情熱が宿っている。

自分だけちゃくちゃくと情熱を調えて、こんなふうにスパーを申し込むなんて、コイツはおれに甘えている。

「いいけど、梅生、何キロ?」

「ごじゅうー、ろく？」

「嘘吐けよ」

「でも、ぜったい、六十はない」

「おれよか七キロも重いじゃねえか」

しかたなく、準備する。

一ラウンド目は穏当にすぎた。

しかしヘッドギア越しに押しつけられるように打たれた、左フックを食らった右のこめかみあたりがジンジン痛い。

ほんとうに嫌なのは、体重差じゃなかった。体重差によるパワーの違いより、梅生の恵まれたリーチがいやなのだ。だが、ほんとうのことなんていえない。だれしも嘘はいやがるのに、ほんとうのことを伝えないことはやさしいことだとおもっている。いつも。梅生のリーチに、嫉妬《しっと》していた。

ジャブをもらうから、ミドルレンジに安住できないおれは、自分で出入りを「決意」しなきゃいけない。その「決意」のいちいちにスタミナが削《そ》がれる。中途半端な位置に留まれば、すかさずジャブで弾かれた顔面を右が打ち抜く。梅生は距離にリラックスしているから、よゆうがある。負けたくない。それ以上に、このスパーを穏当にすませたい弱気が、弱気を自己嫌悪する乱雑なおれの思考が、おれのスタミナをさらに削ぐ。

二ラウンドに、息があがりかけたところにボディをもらった。厚いグローブがおれのシャツを捲るように押しつけられた。腹が熱い。

熱い、熱い、意識が飢《う》えるように判断が鈍って、一瞬おれのなかの「ボクサー」は我にかえった。それでボディの返しのフックを顔面にもらい、弾けた顔面に右ストレート。

ヘッドギアが回転し、前がみえなくなった。

「ストップ！　ストップ！」

トレーナーがリングにわって入る。

おれはそぞろな意識のさなか、ヘッドギアをぐいぐい回して元に戻した。視界は拓《ひら》けたのに、足がべたっとリングについていて、跳《は》ねるような情熱がない。

「マスで、こっからマス！」

トレーナーはスパーからマススパーへの格下げを命じた。

息を整える。

冷静に距離を測れば、パンチは当たる。だけど、マススパーとスパーはまったく違うものだ。スパーと本番のリングぐらい違う。

梅生の情熱はさめた。

梅生は、スパーのときは完全におれを舐《な》めていて、己の自信を肉体に定着させるみたいに、おれをボコボコにする。しかしマスのときは、おれのことを敬愛し、コンビネーションの機微《きび》を食らってたしかめるように、丁寧におれのパンチをもらう。かしこい打たれかたをする。本番ではもらえないパンチを、先どりして食らい、運動神経に刻み込むような。

梅生は、きっとプロにむいている。

三ラウンドが終わると、ぐったりした。マスでは多少褒《ほ》められた動きをしたからジム内の観衆のあいだでは互角にうつるいい実戦練習だったかもしれないけど、敗北感が苦い。

ヘッドギアをとると、髪の毛に溜まっていた水分が一気に顔におろされる。このときを待っていたかのように顔の前面を汗が覆《おお》った。息がくるしい。からだが重い。感情が痺《しび》れる。

梅生は、「またやりやしょう」と、おおきい呼吸をくり返しながら、いった。

「秋吉さんの右、でどころがわかりづらいからもらってしまうなあ」

「いってろ」

あたまのなかの敗北感が拭《ぬぐ》えないまま、シャドウしてからだをほぐす。

梅生は、スパーがすんでおおよそ三十分が経ったころ、「秋吉さんて、どこに住んでんすか？」と声をかけてきた。

めずらしいとおもった。対人練習の申し出以外で、おれに声をかけるひとなんていない。寡黙《かもく》に練習する（ふりをする）ことで、コミュニケーションにまつわる面倒を誤魔化《ごまか》しつづけていた。

「この近く。チャリで十五分」

「じゃあ、こんどめしでもいきましょうよ」

「やだよ。やだ」

「えー、いきましょうよう」

「金ないし」

「じゃ、散歩しましょう」

「は？」

「さっきスパーしておもったすけど、おれら仲よくしといたほうがいいかも。あれおれら何回目のスパーでしたっけ？　男でも女でも、すきになったら傷つくひとと、すきになったら安らぐひとといる。秋吉さんは、すきになったら傷つけられるようなひとばかりすきになるから、かわいそう」

「は？」

「おれと秋吉さんは、安らぐでしょう」

夜の九時。
……きて
というメッセージがきた。夏澄さんから。
……川のそば
つづいてそのメッセージをみるやいなや、おれは一も二もなく飛びだした。財布と鍵《かぎ》とスマホだけもって。夜のした。

……　川の、どこ？

というメッセージには

……　走ってきて

という返信。

……　スカイツリーを手前に、川の流れに逆らうように走ってきて

おれは、いうとおりにした。きが急《せ》くのを抑えて、いつもロードワークしているペースを心がける。草のにおいが蒸し器に閉じ込められているんじゃないかっていうぐらい濃密ですごい。水音と息を切る音、濡れた地面を踏みしめる音だけが響く。昨日ふった雨のせいだろう。草も土も橋も、みんな濡れていた。

こんな夜中に呼ばれるのはめずらしいことだった。

……　どこ？

と、走りながらおれは、たどたどしくメッセージした。

……　どこ？

という返事がきた。つづいて、

……　どこ?って、もっときいて
おれは、どこ?　というメッセージを執拗《しつよう》にうった。

いっこずつ、律儀《りちぎ》に。どこ?　どこ?　どこ?　どこ?　どこ?　どこ?　どこ?　どこ?　どこ?　どこ?　どこ?　どこ?　どこ?　どこ?　どこ?

耳を澄ますと、やがて微《かす》かに、おれからの着信を告げるピロリンピロリンという、かるい音が鳴っていた。音の五回目ぐらいから、夏澄さんらしき人影がみえた。ジャージの首もとからたちのぼる蒸気が頬《ほほ》をあかくするほどには、息があがっていた。恥ずかしかった。こんなに息があがった状態で、夏澄さんの顔をみて。

「はやいね、やっぱり、ボクサーは」

「ボクサーじゃないよ」

からだを折り曲げ、膝に両手をあてておおきく呼吸する。いつもはこんなのじゃつかれないのに、きもちがまた邪魔をした。おれのスタミナ＝おれの勇気が、おれの思考に削がれた。おれはなぜこんなに邪念しか思考にむかないのだろう。

「どうしたの？」

きいたおれの目は、捨て犬のようだったろう。

「息子が家出したの」

「家出」

「でも、よくあるの。家出が趣味なの。わたしがいちばん油断しているときをめざとくみつけて、さっと家をでるの。いつもこれぐらいの時間に」

「さがさなくて、いいの？」

「場所はきまってるの。ときどき、『そろそろ家出しようかなあ』なんて、宣言するときもあるぐらいだし。いわば、夜の待ちあわせなの。だけど今回は、あまりにもあの子の家出のことをすっぽり忘れているところに、抜けだされたから、なんか癪《しゃく》で、焦《じ》らしてやってるの」

「だんなさんは？」

「息子と『家出』してます、ってメッセージすれば通じるから。もう幼稚園児でもないしね」

夜のしたであう夏澄さんは、どういうわけか昼間あうより満ち足りているようにみえた。どうしておれを呼んだ?とはとてもきけない。息が整ってくると、きもちが中空でふらふらしてしまい、なにもいえなくなってしまった。

「あいたかった?」

夏澄さんがいう。おれが黙っていると、「あいたかったっていって」と、夏澄さんは身を近づけて、それでいておれのからだのどこにもふれないよう細心の注意を払っているのがわかった。

「あいたかった」

それでおれは夏澄さんのからだを抱きしめて、じぶんの汗で夏澄さんを汚すことも厭《いと》わなくて、むしろいい気味だとおもった。

「悲鳴」

「ひめい?」

「あげる? 悲鳴」

「まさか」

「すっげえキスをしてやるよ」

おれは舌を夏澄さんの喉《のど》のあたりからすべらせ、ピンと張ったまっしろな一枚布のような皮膚《ひふ》を吸った。舐《な》めあがって、くちびるまで辿《たど》りつき、夏澄さんがいっさいの体重を地面に預けなくてもたっていられるほど、つよく、もちあげるように抱きしめたまま、ずっと唾液を吸って与えていた。夏澄さんの情熱はあきらかにさめていたけど、おれはできるだけあがりたい。夏澄さんの同意なし、おれの思考の承認なしに、どこまでもあがりたい。

夏澄さんはやがてゆっくり身を離し（それは見事におれの情熱が息継ぎをした瞬間だった）自販機をみつけてコーラをかった。とてつもない音を響かせて、取りだし口に缶のコーラがおちる。

夏澄さんは、プルトップを勢いよく押しあげ、液体を口にふくみ、ゆっくり口内で液体を弄《もてあそ》び、ゆすいだ。吐き捨られたコーラはくるしむように、土のうえでシュワシュワ弾けながら、甲高い音をたてて地面に染み込んでいった。

「子どものころ、叱《しか》られた。行儀がわるいわよって。ジュースで嗽《うがい》するなんて。って」

おれは、一瞬で少年に戻って、傷つけたことを傷ついたことにすり替える速度だけすばやい子どものようになって、たちすくんでいた。

「秋吉くんもする?」

こうすると、うすあまい味がずっと口のなかに残って、いやな味をすぐ忘れられるよ。

「待ちあわせ場所」は公園だった。ブランコにのって、男の子は涙目だった。夏澄さんをみつけると、「まま!」と叫んだが、それでいてかたくなにブランコからたちあがらなかった。

夏澄さんはゆっくり男の子に近づくと、「あんまり陽《よう》くんがじょうずにでていくから、ママわかんなかったよ。つぎからはもうちょっと下手に家出してね」

「そんなにわからなかった?」

「わからなかった」

少年はうれしそうにわらっている。

夜中の公園は、奇妙にしずかだ。他にだれもなく、雲の隙間《すきま》からレモン色の月がのぞいている。あい変わらず地面は湿っていて、空気が濡れているみたいに顔がじとじとした。

汗が混じってきもちわるかった。

「ままのお友だちよ」

男の子は無視するみたいに、「ねえ、そんなにわからなかった？　どんなふうにわからなかった？」としつこくきいている。

「わからなかったってことは、わからなかったってことでしょ。陽がいない気配が、わからなかったの」

「そっか」

「あのお兄さんはね、ボクシングしてるんだよ」

「ボクシング？」

ようやく少年の目がおれにむき、「ぶってもいい？」という。こんなにちいさい少年でも、ボクサーをみつけたら殴っていいという法をしってるなんて、すごいとおれはおもった。

「おう。こい」

陽は、「おりゃ」と喚声《かんせい》をあげて、おれの腹部を打った。

「痛くねー」

「うりゃうりゃうりゃりゃりゃりゃ」

夏澄さんは、どういうきもちでいまおれたちをみているんだろう。だまって、たちすくんで、おれたちがじゃれあっているようすをみている。おれはゆっくり、しかしちゃんとボクシングのメソッドに基づいたパンチを打ってやると、陽は興奮《こうふん》した。ぎゃーー！　と、夜の生物たちには刺激がつよすぎるような、悲鳴にも似た声をあげた。きゃはーと笑い、足を滑らせて尻餅《しりもち》をつき、それでもさらに興奮はつづく。

夏澄さんが、「はいはい、男の子たちの夜はもうおしまい」といい、いやがる陽の手首を摑《つか》んで半ば強引に手を洗わせた。

「陽くん、きょうの家出のことは、パパには内緒よ」

夏澄さんが「内緒の微笑み」でそういうと、陽はまたきゃはーと笑った。のちに、夏澄さんがいっていた。

「あの子はいわないで、とか黙ってなさい、っていうとなんでもペラペラ喋《しゃべ》っちゃうけど、『内緒よ』っていうと絶対喋らないの」

そしてひそやかに笑った。「ちいさな隠密だから、気をつけなさい」と。その日から、おれが夏澄さんの家にいていい時間がすこし延びた。

……　きて

とメッセージがきていた。

起き抜けにみた。

また「きて」かよ。送信されてから二時間が経過しており、もう十一時だった。今回はハルオからだった。

……　きて？

とだけ返信すると、二時間のタイムラグが一瞬であったかのように、即座に、

……　うちにきて

ときた。

……　なんで？

……　多忙？

……じゃないけど
……じゃあいいやん　めしおごるし
外はしとしと雨だった。豪雨というほどではないが、ひとつひとつ雨の線がながい。窓から熱気とともにじんわりとした低気圧が入り込み、あたまが重かった。雨の日でも構わずロードワークにはいくが、きょうはきさが進まなかった。天候よりよほど、いつも気分を優先して練習はやる。
……家、どこだっけ？
……てかいいわ。むかえいったるわ
ハルオは会話の途中でも、相槌《あいづち》のあいまだけでも気分がコロコロかわり、別人のようになる。そこに、やさしさだの友情だのといった、一種の基調音めいたものをとりだすことは可能だろうか？
三十分ほどして、ハルオはきた。うす汚れたミニバンにのってやってきた。
「社長のやねん」
ハルオがどんな仕事をしているかはしらない。おれは乗り込み、なかのタバコ臭さに閉口した。

「久々やな。とう子の見舞いいって以来やろ?」

「ああ、うん」

「あのあと、ちゃんと見舞いいったった?」

「三回いった」

「は? そんなに? きいてへんし」

ハルオはハンドルに両肘を預け、「添い寝したんやって?」という。

なにが「あのあと、ちゃんと見舞いいったった?」だ。ばかばかしい。おれは黙っていた。

「お前のこと、殴りてーわ」

という。

「殴られんのは、慣れてるけどな、お前らなどよりは」

だから、すこしぐらいなら殴られてやってもいい。どうせ、ちょっと打点をずらせば、大して痛くないのだ。むしろ、打ち急がせるようにして、打点を差しだすように目をみつめれば、たいていは躊躇《ちゅうちょ》して、振り抜けない。ひとを殴る覚悟は、ながい時間をかけて育て、スタミナと手数でその真実を補強しなければならない。ひとがおもうよりずっと人間にダメージを与えるのはむずかしい。一発殴るなら、かならず五発十発と殴りつづける覚悟がないと、一発すらまともなパンチはでない。コンビネーションの五発めで打ち気が失せ、ようやく拳に覚悟がのり、やっと相手のリズムを一拍《いっぱく》遅らせることができる。そう、勇気も覚悟も、ぜんぶがぜんぶ技術なんだ。

すべてはそこから始まるはなし。

「ホームセンターいくで」

「は?」

ハルオは、既に車を走らせていた。ワイパーがせわしなく雨を避け、横の窓ではゼリーみたいな雨筋がベロベロとスピードにおされて流れてゆく。

「なにかうの?」

「コオロギ」

「は?」

「おまえ」

チッとあきらかな舌打ちをし、ハルオはポケットからとりだしたのど飴《あめ》をくれた。

「は？ってすぐいうのやめえや。感じわるいで」

いいにくいことをいうときに、ハルオはなにかくれる。アメとかチョコとか、こまかいものを。まるで免罪符《めんざいふ》みたいに。父親かよ。おれは黙った。

「社長にヘビを預けられたんや。旅行いくから五日ぐらいよろしくて。めずらしーヘビらしくて、コオロギ食いよるねん。カルシウムみたいな粉をパッパッてかけるんやけど。粉はくれたけど、コオロギはホームセンターに売ってるのかいにいかないかんねん。ヘビのエサってふつう、冷凍マウスとからしーから、それよかマシかな」

「ヘビ」

カーナビが、ホームセンターまであと三十キロ、を告げていた。

半ば想定していたが、ハルオは虫をいやがった。虫から目をそらしたまま、店員に「こいつてきとーにください」といった。

店員もなれているのか、「三十四ぐらいでよろしいですか？」といい、水槽《すいそう》のなかから手袋をした両手でサッサッサと捕まえていき、封筒みたいなおおきさの紙袋にうつしていく。水槽のなかも紙袋のなかも、コオロギは密集しており、ストレスの多そうな環境だった。これから食われることをしっているならば、それ以上のストレスはないだろうけど。ハルオはあさっての方向にずっと首を傾《かたむ》けつつ、平静を装《よそお》っているので、ホームセンターにそぐわぬたぐいの異様をまとっていた。おれはさすがに可笑《おか》しい。

「なあ、こういうとき関西人ならなんてつっこむの？」

「は？　おれ関西ちゃうし。もっと島のほうやし」

島、がなにを示しているのかはわからなかった。

袋に、三十四ほど入った。

「これぐらいでええやろ」

袋もみずにいい、それをおれに押しつけて、ハルオは会計した。四百円だった。

その帰り、「トイレいこうや」とハルオがいいだした。

「勝手にいけよ」

「いこうやー」

「なんでコオロギもってツレションしなきゃならねえんだよ」

しかたなくトイレで放尿《ほうにょう》していると、袋のなかのコオロギがカサカサと、きゅうに興奮しているかのような音をだした。隣で用を足しているハルオが、「とう子、いま危篤《きとく》らしい」といった。


走って車まで戻ったが、うしろの毛が首筋を湿らすほどには濡れた。

「危ないってこと?」

「わからへん。グループチャットでしらされて、それから音沙汰ないから。でも、前にもあったんよ。何回か、もち直してん」

「いかなくていいの?」

「いいんや。またいこな。いっしょに。お見舞い」

でも、死んでしまうのかもしれないんだろ?

おれはいえずに黙った。コオロギの足がカサカサと、紙袋の繊維《せんい》を擦っている。ハルオの家につくと、「ありがと、それ貸して」とふたたびそっぽをむきながら、いった。

「部屋までもってってやるけど？」

「いや、昨日の夜ゲロって、それそのままにしてあるから」

真顔だった。たぶんほんとうのことをいっているのだろう。なにしろ顔面がしろかった。コオロギのせいか、体調不良のせいか。

「ごめんな。今度みにきたってや。ヘビ。めっちゃみどりちゃんやねん」

「でも、もう五日で返すんだろ」

「あそっか」

五分ほどして、「よし、めし食いいくか」と戻ってきたハルオがいい終わる直前に、おれの携帯がふるえた。着信だった。梅生からだ。

前回スパーしたあと、半ば強引に電話番号をきかれていた。かかってくるのは初めてだ。

おれは無視した。

三分ほどすると、またかかってきた。

「でたら？」

とハルオがいった。

「もしもし」

「あ、秋吉さん、いま大丈夫すか」

「あんま」

「じゃあ、めしでもどうすか？」

「むり。いま友だちといるし」

「その子も呼んだったら？」

とハルオがいった。

おれは梅生に、「おまえ、ひとみしりとかする？」ときいた。

「うーん、あんましないかも」

「だろうな」


ファミレスの窓はでかい。外をあるくひとたちが、まるで観賞用の人生をあゆんでいるようにおもえた。おれはボーッと外をみている。

梅生とハルオははなしこんでいる。それぞれの食事は、とうに終わっていた。入店からたぶん、一時間は経過していた。

「でも、とう子はぼくじゃないとおもうんよ。ぼくはなんか、自分がとう子にとって善き存在とはおもえんのや」

「その、ハルオさんがハルオさんを抜けだして客観的に思考するかんじが、わからない。けっきょくどんだけ思考しても、すべては主観なんじゃないすか？　しょせん」

「ぼくはとう子の主観をだいじにしたいねん」

「でもハルオさんがだれかの主観をどういうふうに祈っても、それは暴力になっちゃうすよ」

「そやな、そやねんけどなぁ、ぼくはぼくを透明人間にしてしまいたいのかもしれんなあ」

「それはわかるきがするけど。でもエゴっちゃエゴっすから。ほんとはわかってますよね？」

「うん……」

「でも、ハルオさんがやさしさを仮定した世界で、善く生きようとしていることはわかったっす」

夏澄さんに前回あってから、一週間が経過していた。まだ呼びだしはかからない。待つのはくるしい。でも、待つことで一日が一日の体裁《ていさい》をとらないことはなんだかうれしい。

おれは生活がいやだ。

朝を起きて、仕事なりをして、ジムワークなりをして、夜を寝て、それをくり返す、みたいなリズムに合わせるのはいやだ。なんにせよ、からだをむりやり規範《きはん》に当て嵌《は》めるのはいやだった。実質的におなじような毎日をくり返すとしても、なにかを待たずにたんたんと生活を慈《いつく》しむなんてことは、むずかしかった。

夏澄さんにあえた日、からまた次に夏澄さんにあえる日、を一日みたいに考えたい。その一日は不規則に伸び縮みする。前回あったのが一週間前だから、おれはまだおなじ一日を生きている気分だ。あえたよろこびに浮き沈みする期間をおえて、安定的にながれる一日の情緒を、なんとか生きているよ、って夏澄さんにつたえたい。

きがついたら、ハルオが泣いていた。

こんなに大粒のなみだをながす男を、おれは初めてみた。

「おまえ、泣かしたの？」

「泣かしちゃいました」

梅生は、困惑したようすながらも、なんらかの充実をその表情に灯していた。

「違うんよ」

しゃくりあげながら、ハルオはいった。

「その子のいうとおりやねん。ぼくはワンダーな扱いをうけるけど、ぼく自身、ぼくの行動規範に驚きをうけてまうし、正直からだがもたんねん」

ワンダー？

「ハルオさん、ワンダーボーイだから」

梅生がいう。

ふたりの対話にまるで興味がもてないうちに、ハルオと梅生はいつのまにこんなとおくまで歩を進めてしまったのだろうと、呆《あき》れる気分がつよかった。

「ぼくをすきになる子は絶対傷ついてまう。でもぼくにもそれはどうともできん」

「ハルオさんだって傷ついてる」

ちょっと声を滲《にじ》ませながら梅生がいうと、ハルオはうわあと声をあげて号泣をはじめ、周囲の客に好奇の目でみられていた。


その後無性にからだを動かしたくなり、ジムへいった。梅生が、「おれジムいく準備してきたし、なんなら秋吉さんに貸してあげるぶんもありますよ」といったせいもあった。

「なんだそれ、きもちわるいヤツだな」

「おれはいつだって、シャツとハーパンとバンテージは三セットずつはもちあるいてるっす」

泣き止んだハルオはけろっとしていて、「じゃあぼくが送ってったろ」と、ジムまでのせてってくれた。

ジムでは、おれはひたすらサンドバッグを打った。周囲の音を巻き込まずにできる練習はこれしかなかった。トレーナーに、ミットもってやろうか？　といわれてもことわった。

だれしもが、考えながら練習をしろ、という。いうはたやすい。というか、「考えながら練習しなきゃ」と誓《ちか》うのはたやすい。しかし、ほんとに自分にあった自分だけの練習方法を発明できるやつはほんとにすくない。「考えてるつもり」を盲信《もうしん》しながら積みあげている練習だったら、ひたすら木偶《でく》の坊《ぼう》みたいにサンドバッグを打っていたい。閃《ひらめ》かないやつはいつまでも閃かない。

「スパーやらないんすか？」

梅生が、おずおずはなしかけてきた。

「やんない。というか、やれない。サンドバッグで、追い込んだから」

「つまんね」

梅生は、ことばとは裏腹に安堵《あんど》したような顔をしていた。

「おれの友だちを、あんなふうに泣かせて」

お前は狡《ずる》いヤツだ。

梅生は、「あのひととは、ああなる」といった。

「初対面だけど。おれはブラックホールだから、星のなにかダークなアレを吸い込むっす」

「まじか」

おれは笑い、「お前もうパンチドランカーか」といい、おもしろくてずっと笑ってしまう。珍しいこと、ジム内でにわかに注目を集めていることが、空気でわかる。だけど、思考はもうウンザリ、ウンザリなんだよ。

梅生は、「よっぽど、おれのほうが泣きたいっすよ」といい、おれにかるいパンチを浴《あ》びせてきた。それを頰でうけ、笑いが収まる。あと五ラウンド、ひたすらサンドバッグを、打つ。

夏澄さんに
……きて
とまたいわれ、夏澄さんちにいく。午前十時。
着いた瞬間に、「よかった。はやくきてくれて、ありがとう。留守番おねがい」といわれた。鍵を摑んだまま、玄関の前にたち塞《ふさ》がるように待っていた。
夏澄さんに「ありがとう」なんていわれるのは、初めてのようなきがした。

「どこへ」

「買物。陽が熱だしてて、でもひとりにしないでっていうから、でかけられなくて」

「そんなの」

「叔母さんにきてもらう?ってきいても『いや』。こうきくんママにきてもらう?ってきいても『いや』。そうしたら、『ボクサーのひとならいい』っていうもんだから」

ボクサーのひと?

「あまやかしてますね」

おれは心底からそうおもった。ひとを甘やかすことも、このひとはできるんだって。

「いま陽に食べさせられるものがなにもないの。材料からなにから、かってこないと。たぶん、ただの風邪だから」

夏澄さんは返事もせず、でていった。

いつも息子のためにつくったおやつとか、息子のためにつくったスムージーとかを振舞われていた。テーブルにつくと、「おかあさん」という声。無視していると、「ボクサーのひと?」。陽の声はからだの熱をふくむように、温度をもっておれの耳に届いた。

廊下を進み、声の方向をさぐる。

「ボクサーのひと？」

「ボクサーじゃねえけど……」

子どもの部屋にはいるのは奇妙に緊張した。あきらかに大人の足ひとつぶんが、「開け放されて」いるのに、その隙間を広げ、おとなのからだを差し込むのにきもちわるさに似た違和感をおぼえた。

もののすくない部屋だ。

勉強机、サッカーボール、なんらかのメダル、ペナント、小ぶりな箪笥《たんす》、やけにでかいベッド、そして少年。

「ボクサーのひと、座ったら？」

たちすくんでいるおれはそう促《うなが》され、カーペットにべたっと座った。「ボクサーのひと」を訂正するどころか、年齢をきくような初歩的な社交すらするきになれない。ブルーな気分で、いま人生でもっとも抑鬱《よくうつ》状態にあるのではないかとすらおもえた。

陽も黙っていた。赤らんだ顔で目をつむり、しかし眠っていないことは寝返りのときの不興《ふきよう》げな声でわかる。前髪が汗に濡れていた。陽はわざとにおもえるほど執拗に寝返りをくり返す。おれがきたことでより寝苦しくなったのではないかとおもわれるほどだ。

おれも横になりたい。そうおもって尻を落ち着かなげにムズムズ動かしていると、背をむけているのに、「ねそべれば」という少年。

「うん」

それ以上の会話はなかった。おれはいつの間にか自らの折り畳んだ腕を枕《まくら》に寝入ってしまい、程なくして陽ともども戻ってきた夏澄さんに起こされることになる。

毒気が抜かれ、キスもせずにかえった。もう別れる、ときめた。ふしぎともうこれ以上すきにならないことをじぶんに許されると、ほわほわといい気分がからだに満ちた。つらいせつなさはかなしくて、蹲《うずくま》りたいようでもあったが、同時に筋肉のどこかが疼《うず》いた。信念に基づいて、こういうときはからだを動かすのだときめていた。走りだす。ロードワークなんていうスマートなもんじゃなく。呼吸もペースもでたらめなまんま家まで走った。無意識の摂理《せつり》で動いたので、全身が傷ついたときのつかれかたをした。スパーリングでボコボコにされたときみたいに。冗談《じょうだん》みたいに息がきれ、倒れるように自宅のベッドに突っ伏して、汗でビショビショのまんま寝た。

起きたらかなしくなり、カーテンを閉めて泣いた。夏澄さんにあいたかった。だけど、もう待ってない。あいたいなら、あいにいけばいい。でももうそれは、「おれの夏澄さんへの恋情」ではなかった。あいにいったら、それはおれの欲情であり、夏澄さんの孤独であり、それは情熱を装うけど、しんじつは空しい。シャワーを浴びてジムへいった。すぐに目で梅生を探したが、いなかった。おれは不用意にガッカリしてしまった。もっと自律を、闘争を、そして言外を。

……ジムは？

……練習は？

とたずねる、トレーナーからのメッセージが積みあがっていた。

あの日練習にいき、おれはプロボクサーになる！　チャンピオンになる！　という全能感をサンドバッグにぶつけ、このまま肉体のすべてをボクシングに捧げようと決意したつぎの日から練習にいけなくなり、かんぜんに無気力な日々をおくっていた。

そしてあらゆる連絡を絶った。

たまたまものを考えられるときに、プライドも企業倫理も無視したくなるほど人手が足りなくなったバイト先の店長から電話がかかってきて、一、二回はバイトにでたが、あとはろくに食事もせず飲酒もせず、ベッドに横たわっていた。朝起きて二度寝に戻るまでのあいだのそぞろな意識がえんえんつづいているようなときが多かった。

ある日、ドアベルが鳴らされた。

音は執拗だった。

夜の九時半。

十回までは数え、しかたなく無言ででると、そこにはとう子さんがいた。

声を失い、とう子さんもじっと黙っていたので、場はしずまった。ふしぎなことだが、季節の変わり目をおれは感じとった。ドアをあけた瞬間、「もう秋なんだな」とおもった。風の温度より、明確な感触の差が、空気ちゅうに満ち満ちていた。人間は、季節の違いを気温なんかでは認識してないんだ、とおれはとつぜんにおもった。

「死んだはずでは……」

それで、おれはおもわずそういった。

「生きてます。一回間違っておかあさんに、『とうこかえってきて！』って叫ばれるとこまで、いったけど」

とう子さんは痩《や》せていた。みた感覚として、十五キロぐらい。でも、ふしぎにベッドに横たわっているときより、いきいきとしてみえた。量販店で売ってそうな男ものっぽいTシャツに、しろいロングスカートでおれの部屋のドアの前にたっていた。

「シューキチくんは、死んでた？」

ときかれ、おれはしばし茫洋《ぼうよう》とした。目の前にはなすべき他者があらわれると、まったくおれがおれでないくらい、考えることがかわってしまう。いまはとう子さんがきゅうにあらわれたから、とう子さんむきの思考になっていって、一対一のうちゅうがひろがっていく。

「死んでたかも」

それで、素直にそんなことをいえた。自分で自分の状態を認められた、そんな感じだ。

「いこう」

とう子さんは、ドアに背中を預けて、まっすぐにおれをみた。

「ハルくんも、まってるよ」


きちんと一時帰宅許可はもらっているという。ただし、「半ばなげやりに」とのこと。

「心のどこかで、つかれさせちゃったのかも。何度も、しんけんな『死なないで！』の祈りを皆につかわせて、わたしは生きてる。願いが叶ったことはうれしいけど、またおなじ日常がつづくから。わたしはまた、いつ死んでもおかしくないナンビョー患者だし、医者には医者の、親には親の、お見舞い客にはお見舞い客の、生活はあるし」

ハルオは以前いっしょにホームセンターにいったときのミニバンをおれのアパートの前に停めて待っていた。おれは、黙って助手席にのった。とう子さんがさっさと後部座席にのってしまったから。

ハルオは運転しながら黙ってタバコをすっていた。後部座席から顔をおれに寄せるようにして熱心に、とう子さんはしゃべっている。

「どこむかってんの?」

とハルオにきくと、「とくになんも」とのこと。

「てかお前、ぜんぜん無視やったな。メールとか、電話とか。女とわかれたんか?」

「わかれた」

「はー、すかしてんなぁ。てか、前にあったやつおるやろ? アイツ呼ぼーや」

「だれ?」

「ファミレスで! お前らにめしおごってやったやん」

「あー、お前が……」

泣かされてた、といいかけて止めた。ハルオは顔を真っ赤にしている。とう子さんはいまではこちらのようすに関心をしめさず、コチコチスマホを弄《いじ》りながら煙草をすっている。

ハルオが、いうな、という目をしている。

「電話してみ」

でも、梅生のことは呼ぶらしい。

「遅くない? もう東京でちゃっただろ」

「してみいや、アイツ、くるから、ぜったい、さみしがりやから」

たった一回あったぐらいで、なにをわかりあったのだろう。おれは梅生と通話状態にしたあげく、ハルオに携帯をわたした。

いきなり、肩にとう子さんの手がのり、「みて、川!」という。橋のうえを走行したまま、左手に巨大な川が沿っていた。闇のなかでも、こまかい粒々がキラキラしていた。

「わたし、とおくにいくのほんとひさびさ!」

おれも、そんなきがした。夏澄さんがすきだったころから、すきになり終わり、あやうい世界を生きて、心がどこへもいかなかった。

小学生のころに平らな板を彫刻刀で削っていたときの、無数の線が走るように、川は流れていた。うねる傷のながれが、川面の色より濃く目にうつった。黒々と。

じぶんが、なにもかもどうでもいいとおもう寸前のところまでいっていたのだと、ようやくきづいた。

「シューキチくんも、生き返った?」

「生き返った」

となりでハルオが、「したら、そうそう駅のな、でたとこの……、まいいわ、駅のとこまできたら、電話してみ。うぃー」

といい、電話をきった。

終電で、梅生はきた。合流する駅で三人で待っていると、なんだか気詰まりな空気になった。なにしろ、とう子さんはハルオとぜんぜん喋らず、おればかりはなしかける。

「シューキチくん、梅ガムたべる?」

「シューキチくん、山と海どっちすき?」

たべる、山、と応えていると、ハルオがそこにいることが妙にきになった。とう子さんはじつはハルオにははなしかけているのではないかというきがした。

駅周辺にはレンタカー屋しかなく、コンビニもタクシー乗り場もない。ハルオとう子さんはえんえん煙草をすっている。すると、バックパックをしょった梅生がやってきて、

「おーい」という。

「おい秋吉さん、なんで電話もメールも無視っすか!」

おれはきこえないふりをし、とう子さんに、「ジムの同僚の、梅生」といった。

「どうもです！」

梅生は朗らかだが、とう子さんは、「おー」と、なんだかそっけない。しかし梅生はニコニコしている。

ハルオは、「おうきたか、ボクサーボーイ」と、梅生と肩をくんだ。きっと梅生は察《さっ》したのだろう。

ようするに、ハルオのはなし相手として梅生は呼ばれ、とう子さんのはなし相手としておれは呼ばれた。

ハルオととう子さんは、いまどういう世界にいるのだろう。

なにがどれぐらい隔《へだ》たっているだろう。

その片鱗《へんりん》すらわからぬまま、おれと梅生は手さぐりで旅をつづけていく。おれは素直に、「きてくれて、ありがとうな」と梅生にいった。梅生は、「てか、どこいくんすか？」といった。

梅生が助手席にすわり、おれととう子さんが後部座席にすわった。

広すぎる車の後部座席にいると、子どもじみたきもちになった。うちは貧乏で、マイカーのない家に育ったから、近所の親御さんにどこかに連れていってもらうときしか車にのる機会はなかった。あのころのきもち。居場所が用意されすぎている感じ。圧倒的におれは子どもなんだ、ということを鮮烈におもって、ボーッとしちゃうような。

夜の車内にいると、日常あらざるきもちになって、横にいるとう子さんが幼なじみのだれかなのではないかという気分におれはなった。

どこかの街を走っていると、街灯がペンライトをふったみたいに走って、どんどんゆきすぎていく。ちょっとウトウトしながら、おれはとう子さんのいるほうの開いた窓から、外の風景をみていた。

とう子さんのあたまも、ずっとおなじほうをむいていた。外をみている。前方座席ではハルオと梅生がずっと喋っていて、声はきこえる距離なのにことばが明晰《めいせき》にとどかず、クラシック音楽でもきいてるような無感覚に陥《おちい》っていた。

「シューキチくん、ハルくん、怒ってるかなあ」

ぽつりと、とう子さんがいった。前方座席と後部座席で言語領域が分断され、大声ではなしていてもなにも届かないかのような断絶をかんじたから、「おこる？　ハルオが？」とおれはふつうの声で応えた。

「わたし、また生き返っちゃった。正直、わからなくなってきたの、シューキチくん、ご両親とかがもしショクブツジョウタイとかになっても、一日もながく生きてもらいたいっておもう？」

「うーん、どうだろ」

「わたしもね、いろいろ本をよんだの。つらいおもいもしたけど、純粋に、興味があって、死んじゃったひとの手記とかさ、その周囲のひとの書いた本とかさ、そしたら、どんな状態でもいいから、一日でもながく生きていてほしいっていうひと、いっぱいでてきて。植物状態でも、脳死状態でさえも、それってもう、わたしはわたしじゃないっておもうけど、どうなのかな」

とう子さんの声は相槌を求めているかんじではどんどんなくなっていったので、おれは黙っていた。

「わたしは絶対そうおもわない。ハルくんがもしそうなったら、ハルくんがくるしまないのがいちばんだとおもう。ハルオがくるしむのをみたくない。でも、いろんなひとがいる。おもいでだけでもいいから、表情なんてなくてもいいから、生きていてほしいっていうひとも、きっといる。そういう考えのほうが、尊《とうと》いのかも、いのちにたいして、高潔《こうけつ》かも、やさしいかも、善いものかもとか、おもうときもある。でもさ、わたしもう、死にそうなのに、そんなふうに『いろんなひと』のこと考えるのがもういやなの。つかれたの。だから、ハルくんのことだけしりたい。でもハルくんのことだけがわからない。ねえシューキチくん。シューキチくんはハルオと『きもちが通じてる？』」

おれはしばらくうつむいて、梅生とはなしながら泣いていたハルオの顔をおもいだした。

窓の外はガタガタとタイヤがひびく畦道《あぜみち》に入っていた。車一台がとおれるだけの幅を、快走している。

「まど、ぜんぶあけていい？」

おれはとう子さんにきいた。

「いいよ」

そうして、とう子さんのからだに身を寄せて、おれはあたまをだした。とう子さんも、だした。ふしぜんな体勢になって背筋がいたんだ。ボクシングに捧げる高潔を誇って、信じていたころは、からだのバランスがくるうから、むりな体勢はすぐにきりかえて、それによってきれいな景色がみえなかったり、ひとのきもちをそこなってもいいとさえおもっていた。だけどいまはもういい。とう子さんの肩に手をおいて、窓の外にだしたあたまで、「おれ、ハルオときもち、つうじてないよ」といった。

「ぜんぜん。でも、ハルオは怒ってない」

「わかるの?」

前方をむくと、畦道は果しない。朝までつづいていそうな道だった。タイヤの反動でからだぜんたいが揺れたけど、おれはぐっととう子さんの肩を摑んで、とう子さんの内臓とかに響かないようにきをつけた。

「ハルオが辛いことと、あのことが、こわい。あれって、死ぬってことだけど、最初からポンポンいいすぎてるけど、死ぬ死ぬって、死ぬことなんて、知りもしないまま、死ぬんだけど。だからただ、それはおいといていまは、ハルくんが怒ってなければいい。こんなふうにいろんなことにたいして負の感情があらわれるってことは、病気が落ち着いてるってことなの。わたしの病気は、細胞や組織を破壊するたびに、その代わりみたいに、幸福な物質を脳内に放出するの。だから、ぽーっとしあわせな気分になる。アルコールもマリファナも、体質的にわたしはハイになるあらゆる化学物質を受けつけないからだったんだけど、この病気の物質はすごくよく効く。相手の話もきかずにべらべらべらって喋っちゃうとか、やたら暴力的になったりすごい買物しちゃうようなハイじゃないの、ほんと、うっすらと幸福なきもちがつづくの。だからいまみたいに、なにか不安なことがあると、ああ、いまわたしの病気、中断してるんだってわかる。それって、どう考えればいいの？わたしはハルオへの不安や不信を、病気の小康《しょうこう》によってだけえるの？人生ってなんなの？きもちってなに？」

おれのながい沈黙は、なにごとか長考している、侵されざる聖域だと、とう子さんはおもったかもしれない。その内実は、ただとう子さんのいっていることのほとんどを、理解できなかったんだ。

だけど、これがいま特別なことだって、そうおもえない。いつも、ぜんぜんひとのいうことを理解していない。それでも、その反応として、なぐさめや罵《のの》りや相槌は、意志とはまるで関係なく、ポンポンと生まれつづける。

「ハルオは、だいじょうぶ。ハルオは怒らない。アイツが怒ったとこなんて、みたことない」

「ほんとう?」

「ないない。ネバー」

とう子さんが笑った。

「ねばー」

といって、からからと。おれたちは顔をみあわせて笑った。

前方座席ではあい変わらずハルオと梅生は喋りつづけていて、こちらをきにするそぶりもない。おれととう子さんはずっと窓からあたまをだして外をみていたが、いつの間にか畦道はおわり、とう子さんはねむり、おれはずっとボーッとしていた。

ふたたび高速にはいり、サービスエリアで、「おまえら、トイレいけや、ぼく残るし。

とう子寝とるから」とハルオにいわれ、おれと梅生は外へでた。

半袖《はんそで》ではさむかった。

「ハルオさん、ぜったい気まぐれに運転してますよね、高速、でたりはいったり」

「うん」

ならんで小便をしていて、梅生はなぜかバックパックをしょったままだった。

「ハルオさん、なんかずっときにしてんの、とう子さんのようす。でも比喩《ひゆ》じゃなくて、目をみられないみたいな感じだったから、あれ、マジで秋吉さんとう子さんがイチャイチャしてるとことか、みてないっすよ」

「イチャイチャしてねえし」

「でもなんか、きにしてた。とう子さんが怒ってるんじゃないかって、でも、いわないの。ずっとおれのボクシングのこととかバイトのこととか子どものころのこととか、ずっときいてきて。いまたぶん、秋吉さんの百倍、おれにくわしいすよ、ハルオさん」

怒ってる？　とう子さんが？

そんな小学生みたいなきもちの誤配《ごはい》を、いまさらになってもくり返しているのか。

おれは愕然《がくぜん》とした。

怒りというおれのよくしっていることばと概念と感情は、おれのよくしってるやつとじつはちがうものだろうか？　とう子さんが危篤になったり、とう子さんが生還したり、そういう奇跡をくりかえすうちに、ふへん的な感情やきもちの交換の基礎みたいなものが一枚一枚剝《は》がされて、一秒ずつはじめましてをいうような、きもちの探りあいをいま、あらためてしているのだろうか。おれはからだの感覚がバラバラになるような心地がして、

「お前、よくノコノコこられたな」と梅生にいった。

「ひでえ、さっきは『きてくれて、ありがとうな』とかいってくれて、おれ感激したのに」

「なんでとう子さんが怒ってるかってきにしてんのわかんだよ。いわないのに」

「てか厳密には、ちょっとちょっというんですよ、間接的に、ぜんぜんとう子さんに関係ない文脈で、『それは傷つけてまうやろー』とか、『秋吉はおれのことぜんぜん怒らんからー』とか、『お前はその幼なじみに怒ったんか？』とか、腫《は》れ物にさわるみたいにとう子さんの目をみないから、ああようするに、とう子さんが自分にたいして怒ってるかどうか

をきにしてんだなって、わかった。肝腎《かんじん》のことをいわないで、おなじキーワードばかり周遊していれば、だれだってわかっちゃうよ」

「お前、運転できる?」

「え?」

おれは手を洗いながら、梅生にきいた。隣の鏡のなかの梅生の目が、こっちをみている。

「できるっすけど」

売店のほうを冷やかすようにみながら、梅生はいった。あまり郷土の売り込みに熱心でないサービスエリアのようだ。名産が乱雑においてあるほかは、田舎のコンビニとかわらない。水をかう。

「お前の能力、信じてやるから。とう子さんも、ハルオが怒ってるんじゃないかってきにしてる。とう子さんは、ハルオとちがってハッキリそういってる。だから、お前の口からうまくハルオにつたわるようにしてやって、つたわったとおもったら運転代わってやって。直接いってもだめなんだろ? とう子さんもおなじきもちだとか、お前から歩み寄ってやれよとか、いってもだめだ。即効性はない、ていうか、おれがなにいっても、むりだから。

おれはそういうのどうしても興味がもてないんだ。でもお前なら、うまいことハルオのきもちをあやつること、できるんだろ？」

「そんな、ひとを詐欺師《さぎし》のように」

「それができるなら、おれは奇跡みたいに感動してやる。嫉妬《しっと》してやんよ」

梅生は「すっげえゴウマン」といって、笑った。梅生がたんじゅんな物質には満足したりしないことはわかっていた。他のボクサー志望みたいに、「ラーメンおごってやる」で通用しないことは、わかっていた。


なにをはなしたのかわからないが、運転を代わると運転席からでてきたハルオは自信にみちた表情で、発光体そのものみたいになってねむっているとう子さんの手を握った。おれはハルオと入れ替わりに助手席に座った。梅生は運転しながら、「なんかすっげえ消耗《しょうもう》した」と呟いた。おれはルームミラー越しにとう子さんが一瞬めをさまして、まぶしそうにハルオのことをみたあと、すぐまたねむりに戻るさまをじっとみた。ハルオは、つないだ手のかんじだけで、なにかすごいメッセージをおくった。どうしてさっきまで、あんなに自信なさげにいられたのだろう。いまではそのことのほうがずっとふしぎだった。

「なぁ梅生おれ、またジム戻るから、したら、スパーしようぜ」

「ああ、そうっすよ、最近ぜんぜんこないんだもん。おれ秋吉さんとやるとすげえインスピレーションがわくから、いないと困るんです」

「いいよ、もう。お前の踏み台でも」

「そんなタマじゃないくせに」

梅生は運転していてもなお、バックパックをしょっていた。窓の外は、ひたすら田舎道。すすきの穂が窓を擦《こす》るようにのびていた。夜がふかい。

「なあ、そのリュック、なんなの？　中身」

「は？　練習道具っすよ」

「あそっか！」

いっしょにファミレスでめしをくったのがとおい日のようで、わすれていた。こいつは練習道具を常にもちあるいてるんだった。

「こんなときまでもってくんの？」

「だって、万が一きょうの昼とかに解散することになって、きゅうにジムいきたくなったら、そしたら家にかえんのめんどくさいじゃないっすか」

「お前もう、ジムに住んじまえよ」

後部座席ではハルオととう子さんがこんこんとねむっている。おなじ角度で足をひろげて、おなじぐらいまで、座席に腰をずり下げながら。

「まあとにかく、覚悟きめたるわ、お前の練習相手としてまっとうに、ジムいってやる、なんてったって、お前のことソンケーしてるからな、カンドーしてるんだし、お前にシットしてるし」

「秋吉さん、お饒舌《じょうぜつ》ー」


たどり着いた場所は湖だった。

四人はだるそうに表にでたが、風景に感動して次第にかるくなった。きもちが浮きたつようにそれぞれが動いた。

ほとりをあるいていると、虫の声がきこえる。湖からたちのぼる蒸気のようなものがみえそうだ。湖面にちかづくと、ほそい草きれがいくつも浮いている。月が反射している。

とう子さんが倒れた。

ゆっくりと、座り込むように、いつの間にか横になっている、というような感じだった。手を繋いでいたハルオも、引き寄せられるようにだらしなく横に寝そべった。おれと梅生が、のぞきこむ。

とう子さんは、横をむいて息をほそく速く吐きながら、「だいじょうぶ」といった。ハルオが、せっせと背中を撫《な》でていた。ふたりはくの字がふたつ横に並ぶようにして地面に転がっていた。

梅生は、「どうしよう」といった。

「充分やんな」

ハルオがいった。

「三分こうしたら、かえろう。ぼくが、とう子のことは車まで運ぶから」

とう子さんは微笑み、「ごめんね、自分比としては、めちゃくちゃくるしいってわけじゃないの。ただ、たってるのも座ってるのも、きょうはもう、ちょっとできないかも」といい、目をつむった。

おれは、圧倒されていた。どちらかというと、落ち着いたハルオの姿に。おれの恋心とは、なんだったのだろう。いますぐに夏澄さんにあって、なにかをたしかめたかった。もっとことんまで、蔑《さげす》まれればよかったのに。傷つけあえばよかったのに。

ハルオがとう子さんの背中を撫ぜながら、「お前らも、寝そべる？　いちおう、星みえるし。大したもんじゃないけど」といった。

梅生は、「じゃあ、まあ」といって、背中を地面につけた。おれも、そうした。地面のつめたさと湿りけが直に背中の皮膚につたわった。髪の毛がなくなったような感覚になって、頭皮が直接地面にふれ、砂利《じやり》がブツブツと刺さるかんじがした。梅生、ハルオ、とう子さん、おれ、の順番で横になった。とう子さんはくるしそうにしているが、一心に空をみている。おれも星をみた。うす靄《もや》がかかるときどきに、すごくかがやく星がみえる。満天の、というほどではない。だけどちかい星が東京の十倍ぐらいの濃密さでかがやいている。ハルオは、「きれいやなあ。きてよかったなあ」と、とう子さんにはなしかけている。とう子さんは返事をしない。

なんでこんなに引きずられるように、おれと梅生がぜつぼうしなきゃいけないのか、わからなかった。

やがてハルオがとう子さんの手を離し、たちあがった。とう子さんを抱きあげ、車の後部座席に寝かせる。とう子さんは浅い寝息をたてていた。梅生が「おれ、運転するっすよ」といった。

「ありがとう」

ハルオはそういい、とう子さんのあたまをじぶんの膝に寝かせた。車を走らせ、四人は無言で東京へかえる。

わずか十分で夜の湖から引き返したあの日から、おれは覚悟をきめてボクシングに励《はげ》んだ。梅生にボコボコにされる毎日。それでも、「きょうはボコボコにされるだろうか、されないだろうか」と不安におもうよりは、いっそのこと「ボコボコにされてやれ」と開きなおったほうが、ボコボコにしてやれる確率もふえてくる。おれはいままで、「ついていきます系」の態度しかとっていなかったトレーナーに、こう宣言した。

「ストップはいいけど、スパーはスパー、マスはマスで最初からきめてやるから、途中で変更したりはなし。左だけのマスとか、何ラウンド動くとか、そういうのも予めきめてやるんで、変更だけはなしでやるっす」

梅生にも情緒の変動、調子の上下などとうぜんにある。おれはそれをある程度読めるようになってきた。ダウンをとるまではむずかしいにしても、ポイント優勢、という感じのスパーをできる日もあるにはあった。それでもやはり、梅生のパンチにはっきり利かされる日がおおい。いつか、スパーリングとはいえ悲愴感《ひそうかん》ただようほどのダウンをしてしまうのではないかという緊張感で、おれのなかの「ボクサー」は縮みあがる。その状態でもなんとか逃げたくならずにスパーをつづけていられるのは発見になった。発明になった。おれはボクサーとして、ときにはじぶんの情緒を偽《いつわ》っても、ボクシングの理はまだ、おれの肉体をみはなさない。ときには、「集中切らすな！」と怒号を浴びせられても、そのあとからだが勝手に反応するようなコンビネーションを叩き込むことができた。一秒ごとにダイスをふるような残酷なボクシングの不条理に、からだが適応していく。梅生は減量し、おれは増量し、すこしずつボクサーとしての適正体重に近づいている感覚があった。おれは痩せすぎていた。

ボクシングとしてのコミュニケーションも、だいぶん充実してきた。スパーおわりに、たとえボコボコにされたはずかしさ、屈辱感《くつじょくかん》があったとしても、「お前、捨てジャブがわかりやすすぎだし、リーチにあまえて距離がてきとうなんだよ」とかいえるようになった。スパーリングではあきらかに勝ったのに、梅生は傷ついたような顔をした。それはおれのいうことが図星だったからだ。

「わかりました」

と素直。

「秋吉さんはあんま目がよくないから、やっぱ中間距離はプロテストまでってかんじすね」

「うるせえ」

プロテストではとにかくガード、手数、ワンツーである。きれいなボクシングの一応ができなければ、ライセンスはとれない。

「才能、ないからなー」

梅生には、そういうこともへいきでいえた。梅生は否定せず笑い、「でも、秋吉さんのパンチはすがすがしい、善いパンチだ」という。

「なんだそれ」

「心根の善良さが、あらわれてます。重篤《じゅうとく》なダメージをうけて利いたときほど、『ああ、この拳《こぶし》に傷つけられてよかった。これはスパーリングのあとに心にじくじくいやな感覚を残さないパンチだな』ってわかるっす」

「おまえ、くそスピリチュアルボクサーなんだな」

外はもう随分涼しいが、ジム内は人間の熱気がこもって熱い。おれはひとりで外にでて、シャドウをしながら息を整えた。空がたかい。青い色がうすく、雲が全体にかかっていて空そのものの色と雲の裏がわとの区別がしづらかった。風がつよい。もう十月になろうとしている。


……見舞いいける？

とメッセージがきた。

おれは朝のロードワークのあとまた眠ってしまい、目ざめたあとにそのメッセージをみた。午後一時。

……いける

とかえす。そのとき、もう一通のメッセージがきていた。夏澄さんからのメッセージだった。気づくのが遅れた。シャワーを浴び、でかける直前にみた。

……もう来てくれないのね?

という。

おれは内心で、そうなんです。さよならもいえず、ごめんなさい、もう、いけないんです、と返事した。

現実には、むろん無視した。

一度半袖で外へとびだし、きがかわって長袖のシャツを羽織り、でかけ直す。おれは、いつまでも、夏澄さんへの返信を捏造《ねつぞう》していた。そうなんです、ごめんなさい、すきだけど、もうそういうのじゃなくなった、いろんな思い出を、抱えてさみしいから、せいせいしたとおもわれてても、おれはいいけど、おれはせいせいしたとかおもってないし、本音はこいしい。でももう、ほんとに、そういうんじゃないんです、わかってもらえれば、いいんだけど……

ハルオは無口だった。とう子さんの病院最寄りの、いつかも待ち合わせした駅の改札前でおちあうと、なにもいわず目と仕草《しぐさ》だけでおなじ方向へあるきだす。

実際あるいていると、暑くなった。じっとしていると半袖では風がつめたいけど、動いていると二枚目のシャツがじゃまになる。

あの湖にいった日から、もう一ヶ月が経とうとしていた。とう子さんはどうしているだろう。

「あうのいつぶり？」

「いっしょや、あの日以来」

ハルオは、不機嫌のようにもみえた。黙ってふたりならんであるく。気詰まりというわけではなかった。

「梅生は、きょうは誘わないの？」

ときくと、「あいつはちゃうやろ、こういうんと」といった。そのあと、「なんかごめんな、巻き込んでもうて、いつもいつも」という。

「いいけど」

ふと、はじめてとう子さんの見舞いにいった日、あの暑い夏の日のことをおもいだした。ハルオが、池におちた。

商店街をとおる。店の三分の一はシャッターがおりている。道幅は狭い。車一台なんとかとおれるぐらい。アーケードの天井がうす赤い膜《まく》で覆われ、陽光が人工的に色づけされて届く。ハルオの色白が、ほんのり熱をもっているようにもみえた。

と、とつぜん、ハルオがなにかとてつもなくいいことをおもいついた！　みたいな顔になり、「なんか暑ない？」といった。

「まあ、ちょっと暑いな」

「ジュースこうたろ」

ハルオはつかつかと自販機に近寄り、「ぼくはシュワシュワしたのがええなー」といいながら缶コーラをかった。

商品をとりだす前に、ハルオはおれのぶんの小銭を機械に投入した。

ハルオがプルトップをあけ、ジビリと一口のむ。おれがなににしようかと自販機にむきあって考えていると、ハルオは全速力でその場を走り去っていった。

あとには、零れ落ちた大量のコーラが残った。呆然《ぼうぜん》としてしまったおれは、とりあえず、味のないものをかおうとおもって、水をかった。

コーラがアスファルトにジワジワ吸い込まれていく。おれのきもちはノンビリしてきた。いつかも、こんなシーンをみた。滑稽《こっけい》に全力をだして走り逃げたハルオの背中。紫のポロシャツをきていた。夏澄さんにキスを嗽《うがい》されて、途方にくれたあの日。並んで追憶していると、なんだか情緒がノンビリノンビリしてしまう。ひとの感情に、いちいち対処しなくてもいい、とおれはおもった。それは途方もないから。

「シューキチくん！」

入るときはドキドキしたが、とう子さんは元気そうだった。からだの動きはかんぜんに病人という雰囲気になっていて、驚きやはつらつとした感情がすぐさま運動神経にあらわれないような鈍さがあったが、すくなくとも華やかな声をだそうとしていた。

「あの夜のこと、ありがとう。迷惑かけちゃったけど」

「あー、うん」

「でもいいでしょ？」

「うん、いいよ」

とう子さんは、携帯電話のカメラでおれの姿を、ピロリンという音を鳴らしながら撮った。

「弟がかってくれたんだ、携帯で撮った写真を、すぐさまポラロイドみたいに印刷してくれる機械」

子どものころつかっていたウォークマンみたいな灰色の機械から、あっという間に写真がプリントされていく。そこには、小柄な男の姿が映っていた。みどりの半袖にしろい長袖を重ね着して、ジーンズをはいている。細身で、表情は乏《とぼ》しい。こんな瞬間の連続で生きているとしたら、おれはおれが心配になった。

写真をみていたとう子さんが、「きょうは、ひとり？」ときいた。

おれは、だまっていた。

「なんかこの秋吉くん、きまずそう。なんか、すきなひとの前にいるのにすきっていえない高校生みたいな……」

そのとき、「ジャーン」といって、ハルオがあらわれた。

「ハルくん！」

とう子さんは驚き、よろこびにあふれた表情で、「久しぶりすぎる」といい、ハルオと抱擁《ほうよう》した。

ハルオは息をきらせて、胸を上下させながら、「ビックリしたやろ？」と、さっきおれがあっていたやつとはべつの男のようになって、笑っていた。束の間とう子さんの目でおれもハルオをみられて、そのワンダーに驚いた。なるほど、すきな女の子の前でこんなにキラキラしつづけなきゃならないなんて。すこしハルオに同情した。

「ビックリした……」

「ぼく、汗くさない？」

「ちょっとだけ」

「へいきか?」

「うん」

「ちょっと、回り道してもうてな」

「うん」

「くるしない?」

「ううん」

「そか」

「うん」

「あつないか?」

「ううん」

「ちょっと太ったか?」

「だまって。もうちょっと、そうしてて……」

おれは病室をあとにし、待ち合い室にてのみたくもないお茶を入れ、ボーッと待った。

だれもいない。紙コップを噛《か》んで、飲み口の丸まった部分を歯で伸ばした。

小一時間ほど待つと、ハルオが「よう」といいながら戻ってきた。

「ようじゃねーわ」

「あはは、ごめんなー。とう子、眠ったわ」

窓からは、闇を伴った夕暮れが差し込んできた。待ち合い室には、けっきょくそれまでだれひとりこなかった。この病院の入院患者はとう子さんだけなんだろうか？

まるで隕石《いんせき》でもふってきそうな夕方だった。

「さっきごめんな。なんか、逃げてもうた」

ハルオはものすごくながいテーブルを挟んだ向かいのパイプ椅子にすわり、脚をギシギシいわせながら、おちつかず腰をムズムズさせていた。

「こわくなってもうて」

「なにが？」

「それがわからんのや」

「は？」

「多摩川までてもうた。一瞬、飛び込んでしまいたなった。いつになく真剣やった。おまえの前で池におちてやるなんて朝飯前やけど、そういうのとはちがうんや」

「サービス精神で落ちてたの？　池に」

「そらそうや」

ハルオは、なぜかとくい気だった。

「どうせ、ながくないんや、ぼくもアイツも」

「は？」

「だからお前な、それ止めろや。すぐは？っていうの。まじイラつくわ」

ハルオはポケットをさぐっていた。無意識だっただろう。アメもガムもはいっていないことをしると、きまずそうに、「まあ、ええけど」といった。

「ぼくも鬱《うつ》とアル中とくすりで肝臓ボロボロやねんて、このままやと三十までも生きられんて、医者にいわれてる。あれ？　お前にはなしたことなかったっけ？　ま、脅《おど》しやろうけどな」

「くすりて、なんの？」

「鬱とか、不眠のとか、あとなんか医者にのめいわれてるヤツ」

初耳だったが、「そういやそんなんいってたかもな」といった。衝撃をうけたまま、衝撃をうけた顔をハルオにみせたくなかった。

「な、やから、まあ、老後の心配をせんでいい人間のすがすがしさをわけてやりたいわ」

とう子さんのけだるげな口調を真似して、ハルオは笑っていた。とう子さんの病室にふたりで戻り、眠っているとう子さんの頬をやわらかく撫ぜ、「とう子、ぼくらかえるで、またくるからな、とう子、起きひんか？　目さめたらさみしならんか？　とう子、かえるで、でも、な、またくるやし……」。

その冬、おれの身近で三人ものひとが死んだ。

夏澄さんの死はメッセージでしった。ある日届いたメッセージには、

……　ままはしんだ

とかいてあった。

……　？

と返す。と、連続でメッセージがとどく。

……　ボクサーのひと？

……　ままはしにました
それで、なんの心の準備もしないまま電話をかけると、でない。しばらくするうちに、しらない電話から電話がかかってきた。あんのじょう、それは陽からだった。その瞬間、すべての事実を悟った。

おれは通話に応じたが、声はだSなかった。一方的に陽がしゃべった。

「ボクサーのひと？　ままは死にました。くすりとお酒をいっぱいのんで、おふろに入って、ままは死にました。おそうしきは、まちやさいじょう」

告別式の日は、つめたい冬らしい日だった。雪でもふっているほうが、いくぶんあたたかさをかんじるような、皮膚を刺すような冷気が足先を凍《こご》えさせていた。

おれは、ふさわしい格好をせずにでかけ、会場の前をいったりきたりした。おもいでに、酩酊《めいてい》するようだった。痺《しび》れた思考が、この世を謳歌《おうか》するようにおれを茫洋とさせた。やがて、全身黒ずくめの名探偵コナンくん、みたいな格好をした、陽がひとりででてきた。

「ボクサーのひと」

陽は、無表情でいった。梅生はプロボクサーになった。プロで一戦して、一勝した。おれはまだ、プロテストすらうけていない。覚悟が浮き沈みして、なににもなれないまま、止めることもできないまま、不規則にジムに通っている。

「ぼくはだいじょうぶよ。あたらしいままは、もういるのよ」

「でも、つらくない？」

「わかんないのよ」

陽の印象は、あの夏の終わりにみたときとずいぶん違っていた。大人びているともいえたが、より正確には女の子っぽくなっていた。髪が伸びたせいかもしれないけど、仕草やしゃべりかたがどこか媚《こ》びていて、おれはいつか夏澄さんを恋しくおもったようなきもちが反応した。性欲めいたきもちと区別できないままで、陽のことを抱きしめる。

「ばかじゃないから、わかるけどさ、あたらしいままはままと違うんでしょ？　でも、やさしいのよ。ほんとに違うのは、わからないのよ」

「うん。そうだよな」

胸がいっぱいになった。

「ボクサーのひと、泣いてるの？」

「うん」

「さっきの会場でも、いっぱいみんな泣いてた。やっぱり、泣くのはただしいのよね」

「お前は、お前は、泣けないのか？」

抱きしめられたまま、じょじょに陽は全身の力を抜いた。

「たとえばだぞ、たとえばおれがお前のままの『たすけて！』をうまくキャッチしてたら、お前のままは死ななかったのかも。怒ってもいいんだぞ」

「そうなのね……」

陽のからだを抱きあげると、その体重をうけた足がよろけ、地面の枯葉がかさかさと鳴りつつ割れた。

「でも、ボクサーのひとも傷ついてたし……」

「ままはわるかった」

「べつにかんじないのよ。さびしいでしょってかんたんにいうけど」

「泣いていいんだよってかんたんにいうけど」

おれは、打ちのめされて、陽のくびすじを湿らすぐらい泣き濡《ぬ》れた。どうじに、きわめてかたく勃起していた。おれはきたない。それでも、陽を抱きしめたいきもちはどんどんつよくましていく。

「痛いよ。力が、つよいよ」

「ごめん」

ようやくして、おれは陽を離した。こんなに子どもとながくはなしたのは初めてだけど、そこにいたのは果しなく甘えられる恋人みたいで、子どもとはなしている感覚はまったくなかった。

おれは、くたびれたPコートにジーンズという姿で、黒ずくめの少年にあまえて、ぐずぐず泣いた。陽は、おれの腿《もも》のあたりをポンポンと叩き、撫でた。まるで夏澄さんにそうされてるようだった。

「また、電話したり、してもいい？」

おれは、「いいよ」と応えた。

「でも、パパとあたらしいママには内緒でな。できるだろ、内緒、とくいだろ？」

陽は、「なんでしってんの！」といい、少年に戻って笑った。


ふたりはほぼ同時期に死んだ。

ハルオは酩酊しているところを、トラックに轢《ひ》かれて死んだ。警察では事故と認定されたものの、自殺だったのかもしれない。すくなくとも、自暴自棄《じぼうじき》であったことはたしかだった。とう子さんは数週間後、ながい昏睡《こんすい》の末亡くなった。ハルオの死はしらずに死んだ。

梅生とスパーをやっても、勝てるきがしなかった。次戦を控えた梅生は、もう以前の梅生ではない。そこにあるのは純然たる技術で、純然たる意志で、おれの霊感とあそんでいるよゆうなんてないみたいだった。あくまでも機能的に、毎回ボコボコにされる。

「いつも、すいません、おれの練習につき合ってもらって」

ヘッドギアを脱いだ梅生の顔には、汗もなく、統制された感情はどこまでもブルー。

「おまえも、かわったな」

おれは汗だくのヘッドギアを拭いて、笑った。

「とうとう、おれとお前だけになってしまった」

梅生は、ボロボロと泣き、「かんがえないようにしてる」といった。

「考えないようにしてるのに」

「ごめんな、でも、パンチでぜんぶわかるから。コミュニケーションを削《そ》いだお前のパンチは、すごいぞ。きっと勝てる。もうおれをみてないんだな」

「なんだ、秋吉さん、スピリチュアルくそボクサー志望っすね！」

梅生は泣き笑いした。

練習おわり、おれは梅生の減量につきあっている。ずっとあるくのだ。梅生が眠くなるまで。ずっと夜の街を徘徊《はいかい》している。梅生はさいきん寝つけないという。しかし、減量は二週間でリミットまであと四キロ。冬場で汗もかけず、水分を減らしてもうまく体重がおちていかない。夜の街を徘徊しているのはどちらかというと、梅生の空腹を紛らわせるためだ。きがつくと食べ物を口にいれていて、それを吐きだす寸前まで意識をうしなっているようだという。家になにもおいていないというのに、外へでてカマボコだのとりサラダだの、いちおう減量に配慮《はいりょ》したものをかって、ひと嚙みするまで、意識はそぞろなのだという。それで、トイレにいってしずかに、たんたんと嚙み砕いたものを吐きだすとき、おもうのだという。

「神様……」

そして、おもいだす、「ハルオさん、と、とう子さん」。夜のみずうみの記憶が、食欲と同化して襲いかかってくるようだと。これはたんなる空腹じゃなくて空虚をふくむもっとべつのなにかなのだと、ここのところつよくおもう。

「そのきもちを込めて、秋吉さんを殴っているのにな──」

「わからん、感じん。以前のようなコミュニケーションは……」

夜の二時半。ジムワークで追い込んでピーキングの山をつくっている時期なので、つかれないように、おれたちはきわめてゆっくり、ゆっくりあるく。なぜだかほそい道ばかりえらぶ。梅生の家の近所の、住宅街のしずまった路地をえんえん、わからないほうへあるいていく。駅前にたっている高層マンションを、かえりたくなったらみあげる。

「おれがこんなに傷つくなんて……」

といって、梅生はしたをむいたままたんたんとあるいている。信じられないぐらい重ね着をしているのに、汗がひとつぶも流れない。涙はよく流れるという。

おれはPコートのしたは半そでシャツ一枚だった。最初はさむいけど、じきに慣れていく。

おれは無感覚だった。

痺れている。指先にPコートの繊維《せんい》をひっかけて灰色の糸が渦巻いている。息を吐く。しろい。なぜ、梅生の情緒につきあっているのだろう？　わからない。孤独に耐える責任の一端を、かんじている。それはそうにしても。試合前のボクサーが不眠だなんて。おれはできるだけ、梅生にファニーなきもちで試合前をすごしてほしかった。

それはそうにしても。

「おまえ。そんなに繊細だったなんて、びっくり」

おれはあざ笑う。

「死ぬのはわかっていたことだろう？」

梅生は、「秋吉さんになにがわかる」といった。

「なにがわかる」

「なにがわかる？」

「他人に関心のあるひとのかなしみを、他人に関心のないひとのかなしみを」

「は？」

「秋吉さんはどっちもわからない。だけど、それがおれはやすらぐから」

「なんだよそれ」

おれは地面を蹴《け》った。午前三時。いつもだったらそろそろ、梅生が「ねむい」といい、おれは梅生の家に停めてあるチャリを走らせてかえる。そのひとりになったよろこびを、解放感を、充実感を、だれにつたえよう。梅生のふあんに寄り添っているからこそ、跳《は》ねかえるような生きるよろこび。ペダルをつよくふくらはぎが押し、戻るペダルを足裏がむかえる、くり返す充足感と、すずやか、瑞々《みずみず》しいのきもち。おれはみ放さない。梅生の感情を、当面、み放さない。

「まだまだねむくない」

とおれのほうが、いった。

陽がおれのベッドでねむっている。陽はあれから、ときどきおれの部屋をおとずれる。昼間は鍵《かぎ》をあけ放しにして、金目のものをいっさいおかなくなった。ロードワークから戻り、夕方に家にもどってきたら、またいた。陽はランドセルを背負っている。くろい、陽の胴体とそっくりおなじぐらいの嵩《かさ》のランドセル。陽の額を撫でながらいっしょのふとんに入ると、オーバーラップする、とう子さんの病室で添い寝したときのひそやかな興奮、夏澄さんの消極的なセックスをかなしみながら昂《たか》ぶる、おれの肉体のみじめさ。ふっくらとした頬に夕陽がさすと、橙色《だいだいいろ》に肌がひかった。

日がおちていく。こころがしずまっていく。いつしかウトウトしていた。めがさめると、もうだれもいなかった。条件反射がはたらいて、おれはきょう二回目のロードワークにでた。けっきょくなにかをかんじそうになったら、走るしかないから。

脱皮ボーイ

0

ラッキー！

が事故の感想だった。電車に轢《ひ》かれそうになったものの、彼女ができたのだから。

酒に酔い、線路に落ちたのだと説明された。だが、その記憶はあいまいである。事故前の記憶、ありますか？と看護師さんにやさしく聞かれるも、ただとてつもない上機嫌の記憶だけ鮮明なのだが、果たしてそれも俺のほんとうの情緒だったのか、自信がない。

1

合コンに参加していたらしい。男女のキャッキャウフフみたいな集《つど》いに参加していて、比較的モテていたよ、と友人は目ざめた俺に、電話で言った。入院した病院のロビーで、俺はそれを聞いた。

居酒屋でトイレにたったときに、「俺半年に一度くらいのモテだわー」と自己申告したらしいのだが、友人はそれを聞いて「俺の半年に一度くらいのモテ」は、「この程度かー」と思ったのだという。だがたしかに俺はその日気分がよく、なにしろ隣に座っていた女が俺の肩や腿《もも》や手にまでボディタッチ、その触りかたは俺に、「ゆくゆくはオッケー」という感じをビンビン与えていた。アドレスもゲットし、これは世にいう男女交際の流れではないのだろうか、というそんな夜であったらしい。

記憶があいまいなので創作して補塡《ほてん》する。居酒屋を出たあたりが俺の情緒のピークだった。夜気が心地よく、人生がキラキラしていた。俺のままならないキュートさとか、発揮する場所をコントロールできない愛嬌《あいきょう》が、うまくはまった夜だったのだ。俺は俺をカワイイな、と思った。ちょっと初対面の女の子と触れあったくらいでこんなに上機嫌になって、世界がうつくしく思えて、カワイイなと思った。駅前の道はやや入り組んでいて、そもそも合コン会場であったその「隠れ家的」居酒屋を探し出した男友達のオシャレさについてもふだんは鼻についているのだが、その日はそれも好意的に受け取っていた。このようによい気分で歩けることがうれしかった。金木犀《きんもくせい》の香りを感知した。季節がきゅうに俺に訪れたみたいだと思えた。東京にいて春夏秋冬を過ごしていると、どうしても季節の後半にはその季節に倦《う》んでいる。洪水のようにエンターテインメントが日々押寄せてきて、季節の記憶もあいまいになる。そういうのは淋しいことだ。もし女の子とつき合えたら、水族館とかプラネタリウムとか行こう。セックスの合間に、いっぱい行こう。五分も歩いていると、夜風が肌につめたく触り、皮膚《ひふ》が冷えてゆくような心地がした。冬が来たら、例年以上にまめに加湿器をつけなければと思っていた。乾燥肌なのである。女の子の手はどうしてあんなに柔らかく薫《かお》るのだろう。桃みたいに。

おそらくはそういう気分で駅に辿《たど》りつき、合コンでアドレスを交換した女の子とは結局、生涯再会することはなくて、足取りがフラついたのか線路に落下した。頭を打ち意識を失っているあいだに、俺の肉体のすれすれを電車が通過したという。

記憶はここでつぎの段階に飛ぶ。

そのあとにひとりの女性が、俺にぶつかってしまったかもしれない、と言いにきた。

いろいろあって、その女の子とつき合うことになった。

意識が戻ると、既に頭を数針縫《ぬ》われ、ネットを被されていた。記憶がようやく落ち着いたころに母親が説明してくれるのを聞いて、これから数週間はベッドから起きあがることもできないと知った。俺はショックというよりぎょっとした。仕事のことを考え、混乱し、なにも考えられないようになると同時に頭痛が都合よく鳴った。

俺の意識のないあいだに、とりあえず親と会社の間で話し合われ、業務のことは心配せず退院するまでは会社のことは考えなくてもいいようになっていた。母親は、「いい上司さんじゃない。ぐうたら社員でよかったね」と言い、俺の抜けた穴は浅いということを暗に言った。そういえばそうだと思えた。俺ひとりの仕事がなくなったところで、それほど滞《とどこお》ることのすくない世界だった。自分の存在の非重要性を忘れていた。

俺にとって、彼女は頭を縫った後に単純にプラスされた要素だった。その存在だけ、俺の世界が嵩《かさ》を増したという気がした。ゆたかになった。代わりになにかを失っていたとしても、失ったあとでは失ったことはわからない。だから、単純にラッキーだったとよろこべた。

彼女に、「なんか必要なもの、ある?」と聞かれて、「じゃあふりかけとか、なんか柿の種とかお菓子」とか要望を言うと、そのとおりに買ってきてくれる。親に頼めば済むのだけれど、彼女は会社を早退したり休日を駆使したりして俺を見舞うのを気に入っているらしく、スーパーとか売店にいくその道すがらを描写してくれるうちに、相性がいいのか俺もいっしょに出かけているような気分になるのだった。

俺もいっしょに……

運び込まれた病院の傍《そば》にたまたま巨大な公園があって、そこを散歩していると失われたなにか善いものの存在を感じることがある。イヤフォンからすきな音楽が流れてきて、数週間前には見も知らなかった男の子を殺しかけ、そのひとの用事を手伝っているうちに、奇妙な多幸感に見舞われている自分に気がついた。スーパーの袋の重みは、ふしぎな引力をわたしの右肩のあたりに与えている。お菓子をたくさん買いすぎていた。

あの夜は接待めいた集いがあった。とんでもなく苛《いら》ついていて、数分遅れている下りの最終列車を待っていた。そのたった数分に憤激《ふんげき》し、「早く来いや」と内心怒っていた。駅員の姿を探し、見つけたところでなにか文句を言うわけではないけれど、その姿がないことに更に苛だっていた。セクハラについて考えていた。取引先の、担当者の上司。社会的にはセーフかギリギリアウトくらいのセクハラなのだが、それを行う男に不快感があるせいで、むしろそのセクハラの中途半端なラインにも苛だっていた。いっそのこと、もっとはっきり触れや、とやや誘うような能動もあった。そんな自分も最低だと思った。とにかく、このうえなく不快な世界で生きていて、世界は濁《にご》った色で塗《ぬ》り潰《つぶ》されているように見えた。怒りで我を忘れていて、触感や聴覚に障害をきたしていたのかもしれない。

ホームに立っていた男の子とぶつかったことにははっきりとは気づかなかった。だが次の瞬間には男の子が線路に転落していて、驚く間もないまま電車が通過したのだ。

ヒィッと声をあげ、自分の内なる声が、

ころした!

と言った。

「死んだ!」

しかし実際にそう言ったのはべつのひとだった。ホームにいた中年だった。

わたしは見られない。随分時間が経った気がして、おそるおそる、目を開けた。バラバラではない。見たところ、血も飛び散ってない。

その男の子が微《かす》かに動くまで、わたしは人殺しだった。動いたときに、これ程あんしんを感じたこともない。記憶があいまいなのでこれは創作なのだが、その男の子が動いた瞬間に、その男の子にわたしは自分の子に向けるかのような愛情を感じていた。頭から血を流してはいたが、電車に接触していないことは理解できた。

よくぞ無事で！

さっきまではどうしても見つけられなかった駅員が数人飛び出してきて、その男の子を引っ張り上げた。その顔を見た瞬間に、

「なんてカワイイのかしら！」

と思った。

男の子は小太りで、濡《ぬ》れた子犬のような顔で気絶していた。

2

「柿の種なかった。代わりに海苔巻きを買ってきたよ」

彼女が戻ると、彼女の買い物してきた道程を追体験するようにして俺は顔がほころび、「あんがと」と言った。

「海苔巻き食わせて」

彼女がビャッと袋を破り、俺の口の中に放り込む海苔巻きを噛《か》むと、頭に響いてやや痛みが刺した。彼女がいたずらっぽい表情で次から次へと俺の口に海苔巻きを放り込むと、陽が落ちようとしていた。

早く彼女と水族館とか動物園に行きたい。希望とはこういうことを言うのだろうか。早く治って、彼女と彼女の触れないところを触りたい。これほど俺のことを好きだといってくれる女性のことを信じられる体験はなかった。どうしてか理由はわからないが、まだ出会ったばかりの彼女が俺のことを「好き」というのが、俺にはわかる気がしたのだ。彼女がその理由をせつせつと説明したという訳ではない。ただ会っているうちに、どうしてもいいきもち、あたたかなにかになっているのを感じとっていた。むしろ告白のようなものをしたのは俺のほうからだった。

「明日も来る？」

言いかたとか声音に、充分に甘えを含ませていうと、「もちろん！」と彼女が応えた。その声の温度とか手触りとかで、待つことしかできない俺の毎日に、彼女の来訪を組み込む権利があるということを理解したのだ。それは彼女を束縛することだった。俺の不健康とか俺の愛情とか俺のネガティブが、彼女を束縛する権利を得たということ。早く清潔な俺で彼女と抱き合いたい。

見舞いから帰る道で、陽が完全にひいて夜がおりてゆくのを、歩きながら認めていた。毎日毎日が新しい。感じることのなかった愛情に戸惑っているけど、それがからだになじんでゆく様子が心地よい。どういう仕組みで恋心が発動されているのかまるでわからない。わたしはそれを、わたしの利己的な魂と無関係でないと考えている。男の子が死なないでくれたことで魂が深く安堵《あんど》し、その結果過剰に愛情を認識している自覚はある。しかしそれにしても新しかった。まるで自分を慈《いつく》しむように相手を慈しみ、相手を見ていると自分が生き、描写しているような気分になる。わたしが唯一といってよいくらい確信しているのは、自分がいま得難い体験をしているということだった。自分のなかの先見性で、遥《はる》か十年以上を体験し、余裕をもって今に戻るような感覚で、今後も他人に恋心を抱くことはあるだろうが、このような種類の恋心は二度とない、ということを理解している。わたしが殺しかけた男の子と、将来結婚などしないことも、かれの子を生むこともないことも、どこかで理解している。ほとんど確信している。わたしは運命を読んでいる。

それでも、あの男の子と自分のあいだにはなにか特別のものがあり、それは今も過去も未来にも生まれつづけているのだ、とわたしの魂かなにかの領域が確信しているのだった。

3

「なあ見て見て」

と言われたのは、観覧車のてっぺんを越えたあたりだった。

わたしは下降に入るあたりで、先程まで「てっぺんだ！」「たかいなー」「たかいねー」という会話をしたことを、すぐに忘れたような気分になっていた。しきりにとおくを見て、今まで起きたなにもかもを忘れたような気分になっていた。

男の子がしきりに頭を見せてくる。丁度頭頂部のあたりである。

「ようやく傷わからなくなっただろ」

わたしは微笑《ほほえ》み、「そうだね」と言った。

「昨日くらいまではな、頭洗うときとかも、もう治ってるはずなのに、どうしても気にしてしまうんだよな。まるで痛みがまだそこにあるような気になってしまう。でももう、きようからへいきなような気がしてきた。もう完全にわからんでしょ？」

「うん、わからない」

いっしょに水族館にきていた。

俺としては念願のデートだった。退院してからもう二ヶ月もたっていた。タイミングが行き違い、理由もお互いよくわからないまま休日丸ごといっしょに過ごすことができなくなって久しい。入院していたころはあれほどたくさんのことを語りあって、たくさんの時間を二人でおくって、急速に仲をふかめていったのに、いざ退院して俺が自由のからだになると、きゅうにそれが叶わなくなった。ふたりだけの時間をたやすく獲得できてたころの心地が、わからなくなっていた。

欲望と並走するように、恋心が昂《たかぶ》る手応えがあると、俺は夜ごと星を見た。丁度冬が染まり始め、オリオン座がよく見える。東京の空でもリゲルとベテルギウスははっきりわかる。彼女と出会う前の星など、とうに失っている気がした。ときどき夜に急いで会って、キスだけするような日々がずっとつづいた。

「どっか行こうか?」

というひとことを言えてからは、なにがふたりを妨げているのかわからなくなるくらい、スムースにことが運んだ。誘ったあとでもどこかで、デートはキャンセルになるのではないかという危惧《きぐ》はあったが、当日が来ると彼女は遅刻することもなく、「たのしみ過ぎて眠れなかった」と言って笑い、「なんか緊張するね」と手を握ってくれた。

体温が流入してくる。うれしかった。

ひとしきり海の生き物を眺めてから、併設されている観覧車に乗ろうと言ったのはわたしだった。かれは、「いいよ」と応えた。しきりに頭のてっぺんを気にしている。

「頭のかたちが変わったきがしてならないんだよ。母親に聞いても、絶対そんなことはありえないって断言するんだけど、断言するほどのことでもなくない？」

わたしは男の子の頭を撫《な》でていて、いっしょに魚を見ていたときのことを思い出していた。

「あのハコフグっていう魚、カワイイな」

と男の子が言ったとき、わたしはなぜだか男の子がハコフグという魚に自分の存在を投影している、と思った。それは「感づいた」といってもよいくらい、わたしのなかでは確信に近い閃《ひらめ》きになった。なので、「ちょっと君みたいだね」と言うと、男の子は苦々しく笑い、「なんで？」と言った。

わたしは、自分のほうが男の子の内面の風景に詳しいのではないかと、そんなことを思った。わたしが代わりに男の子の人生を描写してあげたほうが、よいのではないだろうか？

「海へビは？　海へビはどうだった？」

わたしは聞いた。

「べつに？」

「そう？　わたしはすきだな」

「えー。だってヘビだよ？　俺ヘビきらいだな。きもちわるくねぇ？」

4

男の子と初めてセックスした日、ことが終わってかれが満足そうな嘆息《たんそく》を漏《も》らしながら、からだを裏返したときに、わたしは驚いて一瞬息をのんだ。そのあいだ全身を駆け巡った疑問で、ひどく無防備な気分になった。

「なんかついてるよ」

調べてみると、蛇《へび》や蛙《かえる》や虫のそれではなく、亀に起きるそれに近かった。

「ああ、俺脱皮みたいのするんだよね。剝《む》けるんだよ」

彼のふっくらと脂肪をまとった白い尻で、塩の結晶のようなものが、小さいもので数ミリ、大きいもので数センチの大きさでくっついていた。それは厳密にいうと、彼のからだに付いているのではなく彼のからだから剝《は》がれているのだということがわかった。彼の右の尻の、中央から外側にかけて数十センチほどの範囲で、彼の皮膚が水を失った地面のようにひび割れ、剝がれかけていた。
「剝く?」

と聞かれ、剝いてみた。手ごたえの頼りなく、わたしのほんの僅《わず》かな力に逆らうことなくかれの皮膚は剝けた。ペリペリと、想定していたよりだいぶ甲高い音をたてて。

「交通事故に遭ったあとから?」

「違うよ、元からだよ。子どものころからだと思うけど、正確にはいつからだかわからない」

わたしは、かれがそれを当然のこととして捉えていることに気がついた。めずらしいことは知っていながら、それを描写説明するまでもない、瑣末《さまつ》な肉体の特徴として扱っているのだった。

わたしはどちらかというとその一連のかれの特徴に好感を持った。もしわたしが逆の立場だったら、わたしと出会った初めのうちに説明すると思う。自分の特徴として、描写するべき自分の優先順位の上位として、脱皮を選択すると思う。だがかれはそうではなかった。

観覧車を一周すると、かれはソワソワし出し、「もう一周乗ろうか。すごく空いてるんだね」と言った。脱皮は「三ヶ月に一回くらい」とのことで、今もかれの服のしたの皮膚のどこかが剝がれているのではないかとわたしは気になって、しかしかれのほうではわたしが気になっていることをわからない。かれの内面に生きるわたしは、かれ自身同様、描写するほどでもない瑣末な特徴として、脱皮を認識しているのだろう。現実のわたしは夜《よ》毎爬虫類《ことはちゆうるい》の脱皮するさまを動画サイトで探しまわって、その映像をえんえん見つづけるまま、夢と現実とのひび割れる境目も、わからなくなっている。

亀はとりわけおもしろい。ほかには、カメレオンもめずらしい。だいたいはズルズルとからだの皮を脱いで、食べていくスタイルである。レオパは皮がパリパリと音をたてて裂《さ》けていくのが気に入った。カメレオンは風に吹かれて皮が浮いていく。亀は甲羅《こうら》の多角形が、ひとつひとつ浮きあがって、きれいにとれていく。すべて剝がれたあとには、もうひとつ甲羅のかたちができる。プラモデルみたいに。

観覧車はふたたび上昇を始めた。てっぺんに登ろうかというあたりで彼はわたしの隣に位置どり、あまあまなキスをくり出した。それで観覧車を降りたあとすぐに、わたしにソフトクリームを買い与えてから、「さむかった？」と聞いた。

「さむくないよ」

わたしは彼より四つも年上だ。


風呂場に行って皮膚を剝いてもらいながら、こんなふうにされるのは初めてだし、自分で気づく前に他人に気づかれるのも初めてのことだった。色々質問されたので、応えた。剝いてもらうのはきもちよく、癖《くせ》になりそうだったが、余りこういうことに執着するのはよくないという気がした。質問に応えるのは、なぜだか敬語になってしまった。

「剝ける場所は、そのときどきで違いますね。関節部分が多いかな。肘《ひじ》とか膝《ひざ》とか。剝ける範囲もそのときどきで違いますね。きづかないくらいちっちゃな範囲のこともありますし、右足の半分くらいが剝けちゃうこともあります。剝けたあとの皮膚はふだんより綺麗ですけど、爬虫類とかが脱皮するみたいにちょっと俺が成長するってわけじゃないね。母親は知ってますね。父親は知ってるのかな？　知らないかな？　知らないかも。医者にみせたことはないですね。痛かったりはないですし。入院しているときは剝けなくて痒くて辛かったんですけど、剝かないまでもそのうち勝手に剝がれちゃうんですよ。それこそ風呂に入って擦《こす》ったら全部とれて湯船に浮いちゃったりするんで、できるだけ風呂に入る前に剝がしてから入るようにしてますね」

読書

その車体の銀色に陽光を反射させ、ほとんど光そのものみたいにかがやきながら暴力的な警告音を鳴らしつつ、電車はホームに滑り込んだ。中学生とおぼしき制服姿の集団が、ホームのへりをふらふらと、戯《たわむ》れながら歩いていた。電車の上部にむけ木枝が垂れ下がり、風に吹かれるといまにも接触しそうなほどたわんでいる。あたたかな陽気が人々の頬《ほほ》を赤くさせている。

男は電車に乗り込んだ。

＊

着席している電車のなかで膝《ひざ》同士がコツッとぶつかり、女は「すみません」と声に出しはしないものの、充分そのことばの含まれた会釈《えしやく》をしたが、となりに座っている男の顔は見なかった。

彼女は読書に耽《ふけ》っていた。このとき、主に上半身は読書をしていて、書のなかの体験を追従していた。だが下半身はどうだろう。どこか腑に落ちないような、しずかではあるが穏やかでない訴えめいた、なにかを叫んでいた。女は読書に耽りながらも、どこか意識の削《そ》がれるように、集中を逃していた。それは彼女の下半身の、とくに先ほど男に接触した膝から下の、背信があったからだったが、女はそれをわからない。膝から下部は意識のうえで、充分に彼女に含まれない。彼女の意識のどこかに、先程膝のぶつかった男性の履いているスニーカーの色彩があった。全体の灰色に、印象的な赤のラインが走り、ぶつかった男性の膝と足のかたちによく合った。それでも彼女の意識では、読書が勝った。じっと読み耽る。となりに座るスニーカーを気に入ったことなど、彼女は充分認識しないが、彼女の膝から下ではそれを言っている。いっぽう、男のほうでは気づいていた。横に座り読書に耽っている女が、過去の数ヶ月のあいだ、自分と恋仲にあった女性であることを。男は読書もしておらずただぼうと風景を眺めて車中を過ごしていたので、膝がぶつかった際に、むしろとなりに座った直後から女をそれと認識していたので、会釈された際に顔を見られでもしないかと心臓の鼓動は早まったのだが、男にしてみれば、一瞬目があった気がしたのだ。だが女の挙動《きょどう》に不自然な様子はない。男のほうに引け目があった。男は女に手酷《ひど》い別離を切りだし、一方的に意志の疎《そ》通《つう》を遮り、その別れも済ませたのか済まされなかったのかのうちに、女の前から姿を消した、女はそれでも男のことを憎むことのなく、ときどき夢に見るほどに、つよくおもっていた。女とて、男ともう一度いい仲に戻れるなどとおもわなかった。だが願わくばつれづれ当時のことを話し合って、「あのとき、どうおもったの？　わたしに別れを言って」と聞いてみたりなどして、ときどき人生の色々を話し合いたいと思っていたし、彼女にはいま現在、結婚を控《ひか》える相手もいた。だが彼女は、自分の人生において重要な時間というものをあげるとするなら、それはたとえば自分にとってもっとも過ごすに快い読書体験をした書をあげるような心持ちで、男とともに生きたあの時間をあげるだろう、と夢を見たあとや、夢のなかの彼女でさえ、そう考えた。そのころには彼女の膝から下が理解していた。となりの男がいっとき女が焦《こ》がれて焦がれたあの男だということを。だが、彼女のほとんどは読書していたし、読書に意識をのめり込ませていた。膝下の思考など、彼女にはとるに足らないものだった。彼女がもし名うてのバレリーナだったら、膝の主張にもっと耳を貸し、読書する思考を一旦妨げてでも、となりの男の目を覗《のぞ》くのかもしれない。むしろ、彼女が画家だったのなら、車内にその男性がいるだけで、その存在を見つけてしまうのかもしれない。はたまた彼女が音楽家だったら男性の息遣いで……。つまり彼女の下半身は権限を与えられていなかった。

ところで、男は早いうちに、自分は逃げ出すべきだろうか?と悩んでいた。長い交際ではなかったので、男は彼女のことを、深く知っているとは認識していなかった。しかし考えてみれば、自分はいままでつき合った女性に限らず全ての人間において、知っているなどと言えるだろうか? 車内はとても混んでいて、うかつに動こうものなら再び肉体のどこかが接触してしまい、そのときに女に顔を見られないとも限らない。そもそも、顔のみならず、肉体のどこからどこまでを見られたら自分の存在に気がつくだろう。お互いのからだの、どこからどこまでが記憶だろう? 男はとんとんと考えた。例えば肉体そのものでなくとも、声であるとか、匂いであるとか、服であるとか……、そういった一部を与えられれば、世界は人間の個人に気がつく。そこで男はさりげなく自分の服装を確認したが、風景をやり過ごすごとになぜだか気持ちはどこか穏やかになっていて、逃げだそうなどと急《せ》く気持ちは慰《なぐさ》められ、落ち着いていた。それは主に男の、電車の揺れにあわせて今でも時おり触れ合う、膝下からくる感情だったが、男はそれと知らない。ただボンヤリと、まあいいだろう……、と考えている。考えうるかぎり最悪のそしり、暴力、それらもまあ、いいだろうと考え、すくなくとも自分は未だに女にたいして悪感情を持っていない、と認識していた。女と会っていたのはとある冬の始まり、冬の終わらぬうちの短い季節のなかのことだった。男は男で、その季節のことをどこか、うつくしくおぼえていた。大雪がふった日に、女から「雪」というだけのメールを受け取った。男は返信しなかった。そのときには別の女性に心がうつろっていて、女もそれをどこか察知《さっち》していて、それでも卑屈《ひくつ》になることなく、しかし感傷に溺《おぼ》れているように男には思えたから、そんなメールも夜のうちは鬱陶しかった。だが男は翌朝起きると、そのようなメールを寄越《よこ》す女がいじらしくおもえた。女がどんな気持ちだったかと慮《おもんぱか》り、積ってしまった雪の、路肩に除けられて醜《みにく》くなっていくのを窓下に眺めて、いまここに女がいればいいとおもった。性器がこの上なく膨《ふく》らんでおり、この勃起《ぼっき》が昨夜の女の感傷とどう性質の違うものだろうと男は考え、しかし今になってメールを返信することは、自分にはできないことだと思っていた。男は女とともに布団に絡《から》まり、女が裸でくっついて寝たいと、恥じらいながら言うのを見て、この女とは長く会えない、とからだのどこかから昇ってくるように、考えたのをおぼえている。男は、なぜ自分が心を別の女に移したのか、自分でもよくわからなかった。ただ女の、さっぱりしている様子なのにどこかからだにねっとりと香りの残るような愛情が、女のそれほどでもない器量と相まって、どうしても男は、雪がふるのを見ていて、女と季節を越えることはできまいと、考えたのだった。

その冬は例年と比べて冷えるという観測はなかったが、隣で寝ると女の足先は随分冷えた。男は明けがたにそれに触れると、ひどく驚くのだった。まるで別の生き物のようである。女はそれでも、寝ているうちに意識の絡まり、肉体の認識の限界をわずか超える程に、男とくっついていたかったのだった。

目ざめると既に太陽は煌々《こうこう》と昇っていたが、カーテンの内側では横に男がこんこんと眠っており、その肉体も随分つめたくなっている。女はその首筋に寄り添って、自分があとすこしのうちに再び眠りに移ることがわかっている。ただ凍えた足先だけ、男を起こさないようそっと離して。女は読書に耽りながら、しかしそれが捗《はかど》らないのに抗《あらが》うような必死さで、もはや読書に向う思考はほぼ首からうえのみ、否が応にも混み始めた車内では男に触れてしまう肩から下のほうでも、すでに思考は読書ではなかった。女は居心地わるく、目は活字の羅列《られつ》を追いながら、その実車内の色々な場所をさまよった。目の前の人間のスーツのボタン、広告の色彩、通過してゆく駅の看板、車内で交わされている会話も耳に入っては流れ、それでも彼女はまだ、自分は読書をしていると思い込んでいた。女は、目的の駅に着くまで、そのセンテンスの終わりまで、あと三十ページ程は読んでしまいたいと、意識のどこかで決めていた。それが上手に捗らないので、どこかで急いていたのだ。

いつしか男は揺れに応じて肩の触れるのをとおして、名乗ってしまいたい程の心の安らぎを感じていた。女に気づいた冒頭には、一刻も早くこの場を立ち去りたい億劫《おっくう》な心情を持て余していたのに、既になにごとにおいても、決断を放棄していた。男は、おそらく女は気がつかないのだ、とどこかで決めつけていた。男は、自らも不躾《ぶしつけ》ともおもえるほどの大胆さで、彼女の様子を眺め見た。そして、読んでいる本のタイトルまで、理解したのだった。随分熱心に読んでいる。男は、女が非常な読書家であることを思いだしていた。男も彼女ほどではないにせよ本読みではあったので、交際の最初期においては、お互いの書の好みなどを、好奇心を抑えきれないながらこわごわとたずねていくことで、対面を重ねていた。女は男の読書の嗜好《しこう》を、外面的だと考えていたし、男は女の読書の嗜好を、感覚的だと考えていた。それで無意識にも意識的にも、互いの存在は自分にとって進歩というべきものではないかと考えた。互いは互いを必要としている。そう考えた。男からして女の話すことは才気に溢《あふ》れていたし、女は男がそう言うのを信じてはいなかったが、自分に万が一なんらかの才能があるとしたら、それはこの男にしか通用しない類のものかもしれない、と考えた。自分の見る風景や、聞く音楽や、心の内の芸術など、凡庸《ぼんよう》なものだと、彼女は至極《しごく》まっとうな考えで日々を過ごしていたが、自分のいうことを男が聞いている、自分の姿を男が見ている場面では、圧倒的霊感にまとわれた、すばらしい芸術家でいられるのかもしれない。すくなくとも女にとって男はそういう存在だった。男の無作為に見える振舞いのすべてが、まるで彼女の才能だけを受けつける器であるかのように、ゆたかに映った。彼女の乳房に受けとめられて眠ってしまった男の後頭部を見るにつけて、彼女はそのときにはすでに、男が自分だけにとってそういう存在なのではないということを、理解していた。他のたくさんの女性にも、男性にさえ、才能をうけとめる存在として男は輝いているのだと、彼女は確信したが、誇《ほこ》りはすこしも傷つかなかった。それほど多くのひとに愛されていても、男のワンダーを真に理解するのは自分だけだという自負があったし、冷静でいる自信があった。だからこそ女は、いくつかの夜のしたで常に、男に別れを切りだされる、そう遠くないうちに、とそれを知っていたのだ。たったひとつの季節のなかで、絶望する準備をすこしずつ進めていて、そして充分に間に合った。女はそれが誇らしかった。

わずかずつ、からだが男の存在に慣れていった。彼女の集中も徐々に読書に戻りつつあった。膝下や彼女の肉体の左側、男の肌や熱を僅かながらも受け取る部分は依然恋慕《れんぼ》のような感情を叫んでいたが、それも随分馴染み、彼女の全身はバランスを獲得し、男に反応する叫びも読書に志向してゆくような、きんみつな状態になった。彼女の意識のごく低層では、男と過ごした時間のことが、今日まで見てきた夢のなかでの再会と混在するようなビジョンで、映っていた。それで誰かの会話が耳に入ったり、本のページ数を目の端で確認したりなどし、それでも活字を追うことにうまく興が乗っていた。現在の彼女の意識の風景は、平常に比べて、ゆたかにあった。つまり冴えている、霊感が彼女に訪れているような状態で、彼女の意識は読書で昂り、感動していた。低層にある読書とは関係のない、男と見た風景が、それを押し上げているのだった。電車に乗るまでに抱えていた偏頭痛、痛みに伴うなにともいえないゆううつ、そのようなものも手放していた。彼女は疲労から解放されていた。

男は、気持ちの昂るのをどこかで感じ、なぜ彼女と離れたのかという後悔めいたものが胸に去来していた。だが、自分のその感傷は訪れるのの随分遅れた、見当外れの冷静でない感傷だと、理解していた。それでもからだのどこからかわからぬまま、構わずたち昇るこの感傷の処理の方法を、男は知らなかった。依然、読書に耽り、没頭する余り眉間《みけん》に皺《しわ》の寄るような彼女の横顔をまともに眺め、どうしてそれを自分の傍においておけないのだろうと男は考え、たとえば自分は女がどの駅で降りるのかすら知らない。つまり唐突《とうとつ》に訪れる別離を予感して、もう彼女と連絡をとる術《すべ》を自分は持っていないし、迷いが生じていた。男はいま特定の女性と仲よくしている時期ではなかったが、それとは関係なく、女に声をかけてはいけない、という厳然たるルールを、肉体のどこかが熟知していて、拒もうとする気は毛頭なかった。それでも、もし女がこちらに気がついて、もし万が一、微笑みを浮べてくれたのなら。それはルールの外側にある世界だった。あまりに都合のよい、冷静でない解釈であると知っていたし、そんな現実はおとずれないことを、男はわかっていた。声を発したら自分はかならず判断を間違える。男はただ窓の外の風景を眺めるので、なんら色彩を加えていない世界を認識した。そもそもはふらっと外に出て、しばらくしてから二歳の幼児を抱えた姉の家を、訪ねることを思いつき、こうして電車に乗っていた。財布と鍵《かぎ》しか持たずに。女のほうでは、おそらく仕事中なのだろう、次の取引先に向う移動の最中で、自分と会っていたときと同じ会社に勤め、同じように、もしかしたら負担は増したかもしれないがそれほど変わらない仕事をしているのだろう、と考えていた。当然のことながら、自分は彼女の隣にありながら他人以下の存在、風景ですらない認識されない存在であるから、彼女の笑顔を見ることなど叶わないし、あのころあれほど取るに足らない彼女が笑うという変化が、もう二度と自分の身に訪れないのだと考えると、巨大な感傷が再び男の肉体に訪れたが、贅沢《ぜいたく》なことを考える、と男は努めて風景を眺めた。風がつよく、頑強《がんきょう》そうな枝もおおきく揺れ、気温の上昇に伴ってあおあおと色みを濃くする葉は、ばさばさと落ちたがそれでもまだ、どの樹も豊潤《ほうじゅん》に青さを蓄《たくわ》えていて、夏を演出している。車内も冷房が行き渡らないのか随分暑い。男はおもえば女とは冬ひとつしか季節を過ごしていないし、夏をこのように共にするのは、新鮮なことだと、女のほうではそう認識していないので、出会っているのは自分ばかりにしても、どこかうれしく思った。あのころは女のほうでは、自分ばかりが出会っていると、その濃度をかなしく感じていたのだろうと、男は不意に認識した。いまこの、自分ばかりが彼女の存在を認めていて、彼女の存在に感動していて、景色の濃度を深めているよという、そのメッセージを、しかし男は、誇らしいことだと思った。彼女の目を、髪の毛の一本ずつを、それとして知覚することで、どれだけ女と触れている膝下の感覚とか、そういった肉体の思考に主張を与えるだろう。そして男の肉体のほうが総じて幸福になってゆき、男はしだいに充足してゆく気持ちをおぼえた。どんどん出発した地点から離れてゆき、景色がとおざかる。男はそれまで彼女を夢に見たことなどなかったが、これから先、頻繁《ひんぱん》に夢見るようになる。夢のなかで彼女は、春のなかにも秋のなかにもおり、学生になったり老人になったりし、もちろんいっしょに見たわけでもない雪の景色のなかで、よく笑う。男はうつらうつら眠りにおちていった。

彼女はおもうさま読書に没頭し、その内容が至極自分の感覚に沿うものだったと満ち足りていた。タイミングのよい水分補給のように、その旨味が豊潤に感じられた。膝下で感じるような叫びも重ね、車内の風景や好ましく過ごした過去の出会い、忌《い》まわしい類いの仕事での諍《いさか》い、これまで見てきた絵画や音楽や、今まで体験した読書も混在した彼女の意識はより重層的に充実してゆく。これほどまでに彼女の意識がゆたかに昂るのは、男と過ごしていたひと冬の感覚に酷似していたが、彼女は未だそれを明確に認識しない。気がつけば目的の駅に着いている。となりの男性が眠りに入ったことは肉体のどこかが知っていた。だが彼女は終《つい》ぞその個人を認識しない。隣人とすら、認識しない。彼女の意識は表面に去来する読書の風景で忙しい。しかし読書はしみじみよかった。電車を降りる。電車がゆく。彼女はうっすら涙を滲《にじ》ませた。

＊

女は電車を降りた。

髪の毛を踊《おど》らせるつよい風に涙を一瞬でさらわれ、自分が何をすべき人間か思い出す。いまは、取引先に結婚の報告を兼ねた休職の挨拶《あいさつ》をしにきた。ホームを歩きだすとすこし前から赤ん坊をのせたベビーカーを引く、自分と同世代と思しき女が歩いてくる。彼女は気づかれないほど余裕をもって、ベビーカーのとおりやすいように道をあけて歩いた。母親と彼女は目を合わせなかったが、赤ん坊は一瞬、彼女の歩き去る様子を、まだ僅かしか傾かない首の角度ぶんだけ、目で追いかけていた。

［初出］

青が破れる……「文藝」二〇一六年冬号
脱皮ボーイ……書き下ろし
読書…………書き下ろし

町屋良平
MACHIYA RYOHEI
★
一九八三年、東京都生まれ。現在、会社員。
二〇一六年、「青が破れる」で第五三回文藝賞を受賞。

青《あお》が破《やぶ》れる

★

二〇一六年一一月二〇日 初版印刷
二〇一六年一一月三〇日 初版発行

著者★町屋良平

装幀★町口覚（マッチアンドカンパニー）

写真★石川竜一

発行者★小野寺優

発行所★株式会社河出書房新社
東京都渋谷区千駄ヶ谷二－三二－二
電話★〇三－三四〇四－一二〇一［営業］〇三－三四〇四－八六一一［編集］
http://www.kawade.co.jp/

組版★KAWADE DTP WORKS
印刷★大日本印刷株式会社
製本★小高製本工業株式会社

Printed in Japan

落丁本・乱丁本はお取り替えいたします。

ISBN978-4-309-02524-7